马知遥

著

马知遥作品自选集

知识产权出版社
全国百佳图书出版单位
—北京—

图书在版编目（CIP）数据

马知遥作品自选集 / 马知遥著 . — 北京 : 知识产权出版社 , 2020.9
ISBN 978-7-5130-7065-2

Ⅰ . ①马⋯　Ⅱ . ①马⋯　Ⅲ . ①中国文学－当代文学－作品综合集
Ⅳ . ① I217.2

中国版本图书馆 CIP 数据核字（2020）第 129951 号

内容提要

本书收录了作者自 1989 年以来创作的小说作品，大多数作品曾发表在各级文学刊物，题材多样。通过阅读这些作品，我们基本上能把握一位学者兼作家在文学领域的探索和创造活力。

责任编辑：高　源　　　　　　　　　　　　责任印制：孙婷婷

马知遥作品自选集

MAZHIYAO ZUOPIN ZIXUANJI

马知遥　著

出版发行：知识产权出版社有限责任公司	网　址：http://www.ipph.cn	
电　话：010-82004826	http://www.laichushu.com	
社　址：北京市海淀区气象路 50 号院	邮　编：100081	
责编电话：010-82000860 转 8701	责编邮箱：laichushu@cnipr.com	
发行电话：010-82000860 转 8101	发行传真：010-82000893	
印　刷：北京中献拓方科技发展有限公司	经　销：各大网上书店、新华书店及相关专业书店	
开　本：787mm×1092mm　1/32	印　张：7.625	
版　次：2020 年 9 月第 1 版	印　次：2020 年 9 月第 1 次印刷	
字　数：185 千字	定　价：62.80 元	

ISBN 978-7-5130-7065-2

目 录
CONTENTS

爸爸的黄羊

我不知道没有了动物的山梁还是不是我的故乡

——作者题记

我之所以要到依麻木来是因为父亲说，他可以带我打到黄羊。

大片的白杨树蹿得比天还高，比我在城里见到的白杨树高多了。而且有河，那水是真正的水，闪着金子一样的光彩从土里，从眼前的沙石中长出来。河两岸趁势长了好多的青草，疯了一样紧紧地贴着泥长，生怕被河带走，又怕不能把这所有的水都霸占了。野鸭子停在河中心的一片小岛上，成群结队，像是秃子头上的疮。褐色的野鸭总是引诱我们用石头丢它，它们时不时会被我奋力扔出的石子惊得飞起来又落下。

"为什么不打几只那东西呢？"

"那家伙的肉太酸了，恁难吃恁难吃的。"

"那你带我打的黄羊肉好吃吗？"

"那肉可好吃了，比什么肉都好吃。"

"你吃过吗？"我抬头看看父亲，几绺头发耷拉在他的额头，父亲的头发总是这么湿漉漉的。父亲刚从河里走出来，去看了看他昨天晚上放下去的钓钩现在钓上了鱼没有。那些鱼张狂得很，有时候把整个鱼线都扯断了，把钓钩咽到肚子里去。跟人玩儿呢。那是最气人的了。

"妈的——又让那龟儿子跑球掉了，下次我要把鱼绳弄得结实一点。好几回了，都让这鱼跑了。"

"你怎么知道是同一条鱼干的。"

"我知道是同一条鱼，那家伙太狡猾了，每天都要来惹我一下，把钓钩咬断或者就带着钓钩跑了。不是它，老子早就钓到很多鱼了。"

"爸——他是不是鱼头儿呀？许多动物都有头儿，他们的头儿很狡猾，也很厉害。"

"可能吧——那这鱼头儿看样子都成精了。"

依麻木是塔里木盆地边缘的小镇。在山上我可以发现依麻木其实就在一片戈壁深处，戈壁滩上的垒垒顽石包围着它，那些个老石头从远处看像千军万马，像长着翅膀的马，在大风里往这边来了。好在有这么多比天还高的钻天杨死死地守在依麻木的外面，"马"突然停了，它们的脚在钻天杨的威势下放慢了速度，风速也就减下来，却因为惯性的力量将整个杨树林吹得仰天直嘶。在杨树林的里面，父亲弯下腰，不住地将从潮湿的水草里爬出的小癞蛤蟆装进随身的玻璃瓶，那么多不知死活的癞蛤蟆刚刚做完蝌蚪的梦，我还能看见它们从水洼里拖着蝌蚪的残迹往上爬，那低低浅浅的坑几乎成了一坐高崖，它们奋力爬上来就进了父亲的手里，进了玻璃瓶。我用手碰碰，湿乎乎的，身上起了一层鸡皮疙瘩，于是缩了手蹲在一边看。

"快点动手抓，抓了这些东西晚上咱们回来以后就可以把它们装到钓钩上了，鱼好吃它们。"

"那鱼吃了身上会传染疙瘩吧。真恶心。"

"快抓，这东西其实很干净，现在它们刚刚从蝌蚪里来，还不脏呢，就像刚刚从蛋壳里出来的小鸡仔。"

就看见那无数从水坑里往外爬的家伙们冲着我笑。那眼睛天真地看着，那些青草，那些暖暖的沙地一定吸引了它们。然后它们看见我就冲我来了，因为它们没有见过这么大的东西，它们想大树下面好乘凉。于是，比我拇指还小的家伙们就在我的大拇指和食指间交错，接触的那一刹吃惊的不是它们而是我，我的鸡皮疙瘩在我轻轻的拿捏中排山倒海地来了。

"还是打黄羊吧，晚了咱们就打不上了。"

"不着急，那家伙不是咱们说打就打得上的，它跑得快着呢。咱们要碰运气，守在它的家门口才行。"

骑在马上过来的是阿依夏姆，这姑娘老爱骑着马不远不近地跟着我们。父亲朝她喊了话，她也回了话，就是不过来。她骑一匹白色的马。女孩子就是喜欢白色，喜欢白马。白马干净而且安静。阿依夏姆骑着白马在杨树林和绿草里穿行，就像在这片土地上飘，那整个依麻木小镇就是她自己的船。

她肯定看见我和父亲向林子外面去了。

我们走到林子外面碰见了那停驻的千军万马，那漫漫的黄沙和石头气势汹汹。父亲这时候把一只手搭在了我的肩膀上。我看见阳光刺眼地照着我们，我们的影子很矮小。我们面对的是一望无际的大戈壁，我们成了一两只可笑的蚂蚁试探性地往前走，试探性地从嘴里哼出歌。

四脚蛇懒懒地横在滚烫的石头上，用脚踢过去它打个滚连叫都不叫一声，迅速地逃离现场，无声无息。几只野兔从石头缝里探出黄色的皮毛，我随时都可能将石头向它们扔过去。但父亲要我静静地等候，我们今天是要打一只黄羊回去，不能打草惊蛇。大颗的汗珠从父亲的脸上滴下来，此时父亲靠着猎枪守在一块大石头的后面，而石头后面正好是一片荫凉。

"有时候我们需要等待而不是出击。"出了林子父亲说了头一句话。他竟然开始闭眼养神，有些无所事事的样子，好像忘记了今天是来干什么。

我一次次想从他那里知道将要发生什么，我们应该做些什么，但他真的睡了，那浓浓的鼾声足以说明一切。他忘记了自己今天来这里的目的。

静静的沙地上不能看见什么，除了石头就是石头。青草和河流在杨树林里，离开我们很远很远。我听不见它们的声音，只是一片林子就好像隔开了两个世界。两个世界在这里分庭抗礼，剑拔弩张。

一只野兔是这时候进入我的视野的，它金黄的皮毛和诱人的眼睛在金色的午后的戈壁上模糊而闪亮。最为奇怪的是它好像就是为了让我注意它并抓它。它不住地往我这里望，含情脉脉，望了一阵，看我无动于衷就向前挪了挪，然后就停住，故意别过脑袋，眼睛却斜视着，看我还是一动不动的，它又往我这边挪了挪。

"爸，这有一只野兔。"我望望父亲。

父亲睡着了。

我小心翼翼地操起了身边的木棍，然后高高举起。

野兔就在那时候往前跑了。我随即提起身子猛追，感觉身轻如燕，耳边是呼呼的风声。野兔的轨迹多变，一会儿往东，一会儿突然折向北，我不得不不断地调整路线。戈壁的午后炎热无比，阳光散发着燃烧后的光焰，整个戈壁都在熔化，那无形的热如同火苗无声地蔓延过来。我的双脚踩在风火轮上了。

野兔忽然停住了，它好像无所畏惧地冲着我扑过来的方向，高昂着它的头，像一个肥壮的狗。眼看我就要够到它的鼻子了，我挥舞着手中的大棍，打出去，冲着那野兔的头顶打过去。木棍就在要出未出之际，我看清了那只野兔的眼睛，慈爱的眼睛里盛满了母爱的柔情，我惊出一身冷汗。我停住了，我抓住了要扔出去的大棍，我看见那野兔已经逃了很远，它在很远处转身看了看我，然后消失在一片黄尘中。

我回身往后看，希望能看见我的父亲或者那块石头。无边的戈壁大海一样地淹没了那巨大的石头，更没有父亲的影子。我想冲着有树的地方走就能到达依麻木，到了那里我就可以找到父亲了。可我看不见树木的影子。那些绿色，刚刚还伴在我身边的那些河流的声音突然销声匿迹。而现在我意识到这并不简单，因为我面对的将是一场迷失，迷失在戈壁深处。

一场真正的较量就要开始了。

我的心里紧张而苦闷。没有想到命运对我的考验这么快就来临了。我看看周围，疙疙瘩瘩的大小岩石冷漠地瞪大了它们的眼睛，这些沉默的怪兽惊讶地盯视这千年不遇的东西，它们有些开始起身往我这里走，那巨大的脚踩得地都疼了，整个戈壁都要被它吵醒。我没有办法，就只好往旁边的山洞里钻，我想躲在这里是最安全的，就在这时我看见了那只引诱我脱离父亲的野兔，在暗影里紧张地看着我，它已经无处可藏。我伸手就逮住了它，它无辜地瑟缩着，可怜地看着我，金色的皮毛抖落出戈壁的沙石和尘土，我想等着它开口说话。

我们僵持了许久。

我听见了由远及近的巨大的脚步声，我能感受到我内心的恐惧和不安。我怕自己受困在这个一望无垠的地方，这就是死亡和恐惧。我的心跳能从这只野兔的心跳中传达。我感到自己的心正紧紧地攥在这只金黄的野兔身上。然后什么声音也没有了。风从洞口轻悠悠地划过。我出来，兔子出来。我们向四周看看，兔子就一蹦一跳地走了。我看着它跳到山梁上，然后我就看见了一只我想象中的黄羊，那绝对是一只黄羊，金色的皮毛闪闪发光，照亮了整个大山，照亮了整个沉闷的戈壁。它高耸着它巨大的如同戈壁岩石的头，木然地盯视着这个土地。

"黄羊——"我惊呼起来，也就在我叫出这一声的时候，我听见了一声沉闷的枪响，如同从河流深处传来的一声波浪，如同沉睡中的一声惊叫，拍打着翅膀冲着这边过来了。

我看见那只金色的黄羊一头栽倒在山梁上，然后它沉重的身体慢慢顺着山梁开始往下滑。我快步向它冲过去，我不顾一切。

我终于到了黄羊的身边，它深情的眼睛说："我的孩子，我一直在等待你的到来。你终于来了。"它说完就闭上了眼睛。接着我又听见了形同拍打着翅膀飞来的子弹的沉闷的呼啸声，接着我扶着黄羊的手臂上开始流下鲜血。我趴在黄羊温暖而潮湿的胸前，我能听见那有力的心脏的跳动。然后我感到自己的眼里注满了泪水，身上开始寒冷。我感到自己正侧身躲进黄羊的体内，慢慢地变大变大，最后躺在山梁上的黄羊就成了我，而真正的黄羊如一阵清风悠悠而去。

我接着听见了父亲的脚步声在走近。他走近我时喃喃自语地祷告："羊神呀——请原谅我的冒犯，我知道你是这里的守护神，这里的子民都尊你为他们的祖先。可我也不能欺骗我的儿子呀，我答应他如果他这个假期来戈壁滩看我，我就带他打一只黄羊。原谅我吧。"

接着，父亲用力将我扛在肩上，如同扛着一头牛。我想大声喊，可我听见发出的声音是一只家养的绵羊发出的可怜兮兮的叫声。那声音时断时续，如同含混不清的梦呓，如同黏稠的泥沙堵塞的河段。最后我只有温情的眼神，我的眼神正对着父亲的眼神。父亲看了我一眼就转过身去，他大声地唱着歌，然后大叫着我的名字："儿子，快来，看父亲给你打着黄羊了。父亲不是吹牛皮。"

我看见了父亲的得意，我想父亲无非是想把这份得意在自己的儿子面前表露出来，现在他的愿望已经实现了。我无法再目睹找不到儿子的父亲是怎么惊慌失措地调动所有的当地人开始寻找，是怎么骑着马在黑暗中跋涉，是怎么百思不得其解，儿子到哪里去了，为什么生不见人死不见尸？

村里人在父亲伤心沉闷的时候已经迫不及待地开始剥我的

皮了，他们喜气洋洋。在传说黄羊已经被宰杀干净的时节里，一个外乡人帮他们猎到了一只黄羊，这无论如何是该庆贺的事情。"黄羊好呀，浑身是宝，明天拿到集市上可以卖个好价钱，管它是不是自己的祖先呢！"一把刀熟练地取走了我的心，接着是我热乎乎的肝脏，我的皮被几个高手完好无损地剥下来，这可是金黄色的少见的黄羊皮。一村的人都围过来，排着队等着分我的肉——我再也无力看下去，我闭上了我的眼，当一把砍刀冲着我的肋骨砍下去的时候。那时候我知道了"依麻木"，它的含义就是黄羊之乡。

（本文曾获得第三届"榕树下"短篇小说金奖）

驾机飞翔

　　年轻人在清晨的时候走出门，这是他的习惯。他很愿意在阳光最好的这个时刻到河边看看，主要是看自己昨夜里下的网里有没有鱼。这时候阿黄会跟在他的后面，一路小跑地跟着。他很清瘦，皮肤比较黑，他媳妇总是带着嘲笑的口气说："我当初怎么就看上你了，你多黑呀！"他照镜子的时候总想起他在家里的媳妇。他们结婚5年了，生了两个儿子一个女儿。也就是说，在不到30岁的年龄里他已经是3个孩子的父亲。自从第三个孩子降生以后，他就很少回家了。

　　"回家可不是件容易事，离这里有几百公里呢，况且你还能回家吗？三个孩子的吃穿还指望着我拿到的这点野外补贴才能勉强维持呢！总得再攒点钱吧，大孩子就要上学了，上学是最花钱的时候呀！"年轻人是在对他的阿黄边走边说。

　　年轻人身上白色背心的颜色已经发黄，布满了大大小小十几个洞，恐怕最能干的巧媳妇也难缝补了。让人感觉不是他穿着背心，而是这件破得可以的背心挂着他这个活人在走，这些洞死死地趴在年轻人结实的肌肉上，闪闪烁烁走在这如花似玉的原野上。面前是他开垦的油菜地，足有五亩。油菜花明晃晃地在阳光下面，簇拥着，波动着，一些大翅膀的蝴蝶在沸沸扬扬的花粉和沸沸扬扬的花香里悠荡。而走出这片油菜花面对的就是怪石嶙峋的戈壁滩，再往前疾走就能隐隐听见河流的声音从附近传来。

河流是够大的，站在悬崖边上就能感受到它宽大无边的气势。不是悬崖不够高，不高就不叫悬崖了。每天他都必须从悬崖上一步一步地走到下面的河流边上去。台阶是人工打磨出来的，从他被分配到这个小站时这悬崖就有了，这河流就有了，这台阶也在。他常常在想：这么多的台阶，一共是 510 个，是怎么一个一个打出来的，如果当时在这里工作的同志也是一个人长期留守，那么他一个人又是怎么完成了这个大工程？

河流的声音像什么呢？年轻人一直试图找到一个合适的比喻：像两只老虎打架，但老虎长什么样子我都不知道呀；像一盆水猛地浇在了墙上，也不像。河流的声音太大了，大到可以把我的耳朵吵下来，可以让我的心紧张地喘不过气，可以让我感到周围满是炸雷，但河流的声音像什么呢？每一次他都是这么一边走一边想，想着想着就到了河边。今天是他 30 岁生日，这个日子是前几天城里的车给他送粮食和蔬菜的时候由司机捎来的提醒："你老婆说，再过三天就是你 30 岁的生日，让你别忘了给自己过过。多煮几个鸡蛋，做条鱼吃，别老把鸡蛋往家里拿，也别老是钓了鱼就晒干等着孩子吃，自己也得照顾好自己。"临走了司机还说，"你小子看来都不要命了，看你瘦成了什么了。你也吃点有营养的，别老是想着给你孩子省。你身体垮了，孩子靠什么呢？"说完这话，司机又从车窗递出一句话，"你看看你那身衣服，那还是人穿的吗？我下次来可不想看到你这个穷酸样儿了！"

"你不喜欢我可喜欢。在戈壁滩上穿好衣服也没有人看，这么大的风沙这么多的泥水弄脏了好衣服我可不干。穷酸就穷酸吧。"年轻人冲脚边的阿黄说，阿黄冲他点点头，像同意他的观点。

然后他就盯住了眼前的吊箱，这东西已经生锈，每次爬上去都要蹭一身的锈渍。"在这上面我不穿这破背心我穿什么？"他嘟囔着爬了上去，然后戴上手套，手套已经看不出原来的白颜色了，黑黝黝的。吊箱挂在一根钢丝绳上，这钢丝绳连接在两岸的水泥圆柱上，显得很牢靠。吊箱上面有一个很沉的铅鱼，每次他都要把它从吊箱上抛下去，那东西很沉，他用力挪动那玩意儿的时候浑身的皮肤都绷紧了，体温骤然上升，他憋足了一口气。那铅鱼上部固定着一个叫测水仪的仪器。年轻人开始滑动吊箱了，双手在钢丝上拉一把，吊箱就向前滑一段。有时候由于惯性吊箱会一直往前滑，大有不停之势。他遇见过这种情况，没有办法，河流的每一段都得测量，他必须滑回出发点重新开始。他通过刚才的失误懂得了吊箱上那一边吊着的一大块帆布的作用了，那是刹车装置，眼看到了要测量的地点就把帆布塞在滑轮下，吊箱就停了。他放下铅鱼，那铅鱼一放下去就沉到了河底，年轻人通过那露出水面的仪器在一个本子上记录下当天的水流情况。每到一段，他就重复着相同的工作。等他把吊箱滑到对岸时，他这天的工作就算是完成了一半。因为下一半不需要现在完成，那是晚上吃饭以后要干的事情，主要是查看水位，然后当晚通过电报机将当天的河流情况向城市的总部汇报。因此，白天很大一部分时间他就可以在戈壁上走走。来这个小站已经一年了，他统共到河的对岸去过两次。其实天下河流都一样，河流的两岸也都大同小异。况且这是在戈壁，戈壁的河流两岸几乎就是一模一样。"是下去看看呢，还是回去？"年轻人有些犹豫了。是的，回去就意味着回到自己的那间屋子里什么都不做，什么又都想做，最多是对阿黄说些不咸不淡的话，或者冲着天花板发呆，碰到天气好，自己的半导体还能收听到不知哪个广播电台的节目，那时候最希望听见的是赵本山的小品，如果一天都是相声他也愿意。或者就是到油菜地里拔拔草，可那五亩地的油菜都要熟了，所有的草已经消失在他每天的搜索中了。他甚至找不到可以让手脚行动起来的活。"在戈壁上你的创造力等于零。你想唱支歌吧，已经不知道唱了多少遍了，自己又不是能够随时学新歌的料。你还能干啥？你以为你就能熬过这戈壁滩吗？"

年轻人在吊箱上高举着戴着手套的双手，紧紧地抓着钢丝绳，他一松手吊箱就会往回滑动了。现在他拿帆布垫在一个滑轮下，他决定到对岸走走。

年轻人就是在抵达对岸的时候看见了那只红狐，或者叫火狐狸也行。年轻人刚开始以为看走眼了，但他紧走几步发现那火色皮毛的家伙正摇动着它的尾巴。没有风，那尾巴是自己在晃动，是个活物。年轻人四下里看看有没有可以顺手捡起的武器，一根木棍，或者一块石头。后来他只找到石头，那种能够完全占满手掌、硬到可以击穿头盖骨的顽石。年轻人等着红狐走近。这边没有绿树，没有油菜地，没有任何人烟，这里好像千军万马呼啸着冲下来突然间遭遇埋伏后的土崩瓦解，所有的顽石大大小小地无序地排列着，如同刚刚丢下的尸体。年轻人感到一种从未有过的悲凉，那些尸体似的石头此刻如同一些生命的肺部，他能听见此起彼伏的呼吸，感到自己好像也是其中的一个。这让年轻人不禁打了一个寒噤。万事万物无非是一些石头，生来如此，死也如此。这世界本身就是一个石头的世界：一些石头最后被冲到海里，成了海底的岩石；一些被冲到河里成了河底的顽石；一些只能被冲到岸边，成为陆地上的顽石；一些脱离了水流，最后只好苟延残喘地活在烈日和暴雨中，不是因为它们的脆弱，而是因为命运。年轻人抖擞了一下身子，他听见了骨节发出的噼啪声，就像那种能引火的好柴火的声音。

他和那个畜牲就那么对视着。

红狐不摇尾巴了，它只是看着他，眼神里说不出是好奇还是恐惧、愤怒。

他朝红狐走，红狐不动。他继续往前走，那红狐干脆蹲坐在一块石头上，红火火的如同女人衣襟上的花朵。那花朵曾经让他心襟摇动，让他男人的心为之狂跳。他说不清楚自己娶的媳妇是不是只因为当初她胸前的那朵绣花吸引了他，反正从此他俩开始约会了。"你的衣裳很好看，那花多好呀！"他说着就要摸一摸。"你刚认识我就夸我的衣裳好看，说胸前的花好看就用手摸，我还从来没有看见过这么脸皮厚的人呢！"媳妇和他在一起时就时不时提起过去的事情。家里的孩子后来多了，加了两个床，空间小了，晚上他们要等到很晚孩子们都睡了才能缠绵一会儿。他们的呼吸在那时候互相碰撞着，像在伸手不见五指的夜晚两个走夜路的人，一脚高一脚低地向前摸索，担心脚下的床发出任何动静。那时候他俩觉着两人不像夫妻，倒像两个担心随时被人发现的偷情人，紧张而刺激，疲惫而无快意。最可笑的是，常常两人的呼吸急促起来在空中摩擦着发出细微的闪电时，小儿子总是从他的床上爬过来，站在媳妇的跟前说："妈，我要撒尿。"

当他离红狐不到十米的时候，他想这该死的家伙该动一动了吧，但这该死的畜牲一动不动，仍旧高昂着它的头，蹲在一块高高的石头上向他眺望。

它是没有见过人吧。

他步伐开始慢下来，尽管他自始至终没有将目光从红狐的身上离开，但他眼前突然没有了红狐，只有一片红色的山花在岩石上铺展着，红火火地开放着。

他眨动着眼睛，不相信。一会儿那些花又成了狐狸的模样。他不走了。他想他是不是该将手中的石头准确地抛过去，"我没有什么可以害怕的，一个人生活在这样的地方已经不怕什么了，可能我已经成了石头人了。"他掂量了下手中的石头，然后用力将它投向了那一片红色的岩石。

接着他听见了一声轻微的嚎叫。

他能看见那的确是一只狐狸。奇怪的是那狐狸还是没有动。

"这一定是一只没有见识过人的狐狸，那就意味着它没从祖先那里得知有关自己天敌的知识，天生没有了提防，注定了要被一块意外的石头击穿。这样看它挺可怜。"

年轻人站在原地没有动。狐狸躺下去了，狐狸在岩石上的位置没有动。

这说明年轻人另外一只手上的顽石可以不必投出去了。他坐下来，看了看天，很蓝，他想这该死的家伙应该跑起来才对。即使没有见过人，遇见了陌生的事物也应该保持足够的警惕呀，这真是天生的傻瓜！

他摸了摸裤子口袋，最后的烟叶也抽完了。他还能做些什么吗？回家去。

"可是，我得看看那狐狸怎么逃跑，我等5分钟，如果那家伙不逃，我就过去把它结果了。那就怨不得我的无情了。

"我可不是非得打死你，实在是在这个地方，我总要找点事情干吧。你就撞到我手上了，这是没有办法的事情。"

没有办法的事情多着呢。年轻人想起了自己的第三个孩子，是个女儿。当初有了两个儿子以后，他和媳妇就商量再不能要孩子了，四口人靠他的工资已经很难维持了。但才不到一年她又怀上了，谁想到就这么快呢？周围许多人家想要孩子怀了好几年，烟不抽酒不喝的也没有怀上。他想，还是天意。如果今天他没有碰上红狐，他不知道在这个不毛的戈壁上会碰见什么，或者又无所事事一个下午，那更没有意思了。但也许他会碰见一只狼，一只饿了四五天的狼。那他可就不会这么轻松了。

大孩子前几天让人捎来了他的作文，他快六岁了，但已经显示出写作的才华，能识很多字。他的作文是在幼儿园完成的，让老师很吃惊。那上面说，幼儿园要举行活动，要穿白衬衫，他问妈妈要，可家里没有钱了，妈妈就带着他到集市上卖鸡蛋，用卖鸡蛋的钱给他买了白衬衫。看着那些话年轻人有些难过，他好几天都在看、都在想儿子的作文。儿子已经知道生活的艰难了。

天上的云彩刚开始是个狮子形状，后来变得越来越细，最后就没有了。年轻人站起身来，他没有丝毫犹豫地冲到岩石上去。红狐在那里，红灿灿的野花也在那里。他跪下去，看着已经死去的狐狸。他拿得真准，石头正好穿脑而过，血已经染红了石头。看到那血色，年轻人突然兴奋起来："亏你没有跑掉。跑掉我就损失大了，估计能卖个好价钱，我这一天的工夫也没有白搭，这叫老天有眼，可怜我儿子呢。"

就在他提着红狐往回走的时候，天突然暗下来。乌云一起杀到，天昏地暗。这是西部天气特有的风格。天说变脸就变脸，就像人一样。年轻人加紧了步伐。到河边的时候，大风又起，风刮得他脚步有些趔趄。

他爬上吊箱，然后将红狐用一根绳子牢牢地绑在吊箱上。为了防止水流的冲击，他还将狐狸的尾巴用绳子绑了一个死结。他开始滑动吊箱往回走。

水位骤然上升。翻滚的波浪几乎和大雨同时来到，劈头盖脸的大雨和激浪同时袭击着年轻人。风速也很快，年轻人通过双手拉动钢丝绳就可以感觉到阻力太大了。他憋足了劲儿往前，风把雨水泼进他的怀里，脚下面的激浪几次冲得吊箱左右摇摆，他有些力不从心了。"不能停住，停住就遭了，停住让浪一打就可能把吊箱打翻，而停在这儿，水面一上涨，就可能把吊箱淹了，所以必须赶紧离开这里回去，回去是最安全的。"

闪电和雷声交响，雨水和河水比拼。眼前的整个世界疯狂了，看不清哪里是河流，哪里是天空，哪里是人的道路。全乱了。他的力量在慢慢减弱，吊箱停下来了。吊箱在空中摇摆着，像一个被波浪游戏的空纸箱，一会儿上来一会儿下去。

"让我歇口气，我一定要在更大的暴雨来之前到对岸，一定不能出事。而且……"他看了一眼被绳子捆扎得很牢的狐狸，"我指望着这家伙给我挣点钱补贴家用呢。"

但河水很快就涨上来了，吊箱里进水了。年轻人爬到了更高一点的地方，开始用力地滑动起来。钢丝绳被雨水打湿了，很滑，手套一湿也不好用力，他用了半天力发现吊箱还在原地打转。他用力滑出去的部分又在他间歇的时候让风浪打回来了。看样子他得做好失败的准备。

风浪和雨水拧成了一股绳开始盘绕着袭击他，他发现那块帆布已经卡不住滑轮了，吊箱不断地向后退。

"这该死的狐狸在做怪吧，你是想让我把你归还是吧。办不到了。我已经给了你机会，你没有逃跑，现在你已经死了，而我的儿子需要你的帮助。我必须把你带走。"年轻人有些迷信。

为了阻止吊箱不断地向后滑动，年轻人脱下他的背心垫在另一边的滑轮下面，这样两个滑轮都被阻止了，吊箱不往后滑了。风浪突然间小了许多。可正当年轻人准备继续向前滑的时候，风浪又扑过来了，像一个智勇双全的武士。年轻人这次是用了吃奶的劲儿往前挺进，但很快就坚持不住了，钢丝绳勒得他的手开始出血，而且在这样的时候硬抗是抗不过风浪的。他决心放弃，但决不是回头，而是暂时放弃硬拼硬打的策略。他把两边的滑轮仔细又垫了垫，两边都卡得很紧，这样他可以在吊箱上待一整夜，明天天亮雨停了一切都好说了。还有一个办法，就是直接让吊箱在风的作用下再回到对岸去，大不了在对岸待一夜。但对岸的世界他从来没有真正见识过，他不愿意在这样一个风雨的夜晚在一个完全陌生的没有人烟的戈壁上过夜：也许有狼，也许还有别的什么怪兽。生命是最重要的。"孩子们不能没有我。我就不信我抗不过老天。我就死守吊箱，抱紧吊箱，我不信能掉进河里去。"他想着就感觉夜晚真的来了，他的双眼已经看不清什么，而且也就在那时他突然为自己一定要在晚上渡河找到了一个更正当的理由：单位正在等我今天的水情电报呢。假如没有，那不是失职吗？按规定那要扣除当月奖金的四分之一，为了奖金我也不能不回去。

脚下有个东西在往自己的身上蹭，年轻人先是吓了一跳。他本能地弹开，却发现可怜的阿黄在吊箱的水中挣扎着。在这样的暴雨中，即使一只善游的狗也无法靠岸，它现在只能依靠人——它的主人了。

在暴雨和浊浪里，他真正地感到了无助。如果说在这之前他还抱着必胜的信念，那么现在他已经因为精疲力竭而感到了恐慌，这恐慌和黑夜，连同排山倒海的声音和吊箱的颠簸紧紧相连。他想起自己刚刚来小站工作时看着老同志给他在吊箱上做示范，他心里真的很羡慕在吊箱上的生活，在浪尖上荡漾，在水面上唱歌如同架机飞翔。是的，那种身体的血液随着吊箱的晃颤而产生的快感几乎充溢了全身每个毛细血管，晕眩的美和无法抑制的放纵兼俱。那时候他甚至想，这种生活是多么美好，既增加了收入，又享受到了坐飞机的感觉。所以，当儿子问他："爸爸，你干什么工作呢？"他就说："爸爸每天都开飞机飞行呢！"儿子说："那爸爸是飞行员了。以后老师问爸爸是干什么工作的，我就说爸爸是飞行员。"那时候他不置可否。是的，当飞行员多么令人神往，权且让儿子也虚荣一下。

又一排大浪如同一场巨雨劈头打下。

吊箱晃动了一下，接着就顺着钢丝绳下滑了一下，然后吊箱整个地倾斜下来。两个滑轮已经脱离了钢丝绳，吊箱整个吊在了半空中，失去了平衡。水面越来越高，浪头直接打在年轻人的脸上和身上，如同皮鞭抽打，而阿黄也终于在一声无奈的叫声中淹没在河流中。那时候年轻人只能死死抱住吊箱一边的钢筋，使自己尽可能地不让河水拍打，尽可能地让自己保持平衡不让吊箱整个地翻入水中。

"如果有一个人来帮帮我就好了。"他想。

那时候他抱紧了一边的吊箱，如同抱紧了一捆救命的稻草，像一个逃亡的牲畜，全身已经淋透。

他抬头看看近在咫尺的回家的岸，黑黢黢一片。原本熟悉的一切突然那么狰狞。他浑身禁不住打了一个哆嗦。

"这下可不想再坐飞机了，我现在成了落汤鸡了。"

吊箱开始沉沉浮浮。

这是一场罕见的大洪水。在水中年轻人看见了许多被冲断的大树，一些死猪死羊，他甚至感觉自己和一只被淹死的公鸡撞了一下。

"大水要淹死我了，吊箱这么高的地方它怎么也能够到呀，这洪水够大的了。"

年轻人开始有些伤感，他感到自己的鼻子酸了。

"就这么没命了？这样死了也太不值得了。"

他想起了儿子、女儿，想到了在家时妻子对他的好。他的眼泪在脸上淌起来。

"我不想死呀，天呀，让我活吧。我不想死呀。"

他决定做最后一件事，那就是把自己用绳子绑在吊箱上。只要吊箱在，他可能就不会被洪水冲走。"不绑不行。如果不小心睡了，水可不长眼，它会把我带走的。"他小声说。

洪水还在不断地冲涌着。年轻人竟然睡着了。他已经没有什么力气，他所能做的最大努力就是活下去，就是等到天亮。

太阳出来的时候天就亮了。太阳出来雨水就悄然离去，两者配合那么默契。

油菜花还是热闹地开放着，丝毫没有垂败的景象。

戈壁深处的这个小站里电话铃声响了一夜，到天亮时，一辆急匆匆的车已经到了小站的门口。

一些人冲着房子喊年轻人的名字。人们冲着悬崖跑，然后往悬崖下面疾走。越走越近了。他们看见了大河上的吊箱，他们看见了水面落下后，吊箱高高地悬挂在半空中，像一个断了线的风筝。现在这"风筝"正慢慢地移动身体，摇摇晃晃，年轻人正试图让钢丝绳回到滑轮的凹槽里。他此时好像什么也没有发生一样，兴致勃勃的，如同在修理一架出了故障的飞机。他在半空中，身轻如燕地在吊箱里穿来穿去。岸边的人们惊呆了。岸边的人群里有他的妻子和儿女，他们昨夜已经由于惊吓和伤心哑了嗓子。

"妈——爸是在修理飞机吗？"

"是的，爸爸是在修理他的飞机。"

年轻人在抬头的时候看见了对岸的人。他兴奋地冲他们招了招手，他看见了自己儿女，于是他想起了昨天最大的那个收获。他低头开始寻找目标。吊箱上除了他什么也没有。他感到有些紧张，立刻趴下朝吊箱的底部看，什么也没有。绑狐狸的绳子依旧绑在吊箱的一侧，没有任何松动，那只被他牢牢捆住的狐狸到哪里去了？他实在没法理解。他看看对岸，再看看吊箱上的绳索，想起自己特意将那只狐狸的尾巴系了一个死扣，按常理狐狸至少能留下一只尾巴，但现在什么也没有了。

"该死的洪水。"年轻人有些气愤。

他开始往对岸滑了。就在他抓紧钢丝绳往回滑动吊箱的时候，他听见某种奇怪的声音从水面上传来。他低下头去，看见一只红狐正攀附在一根山洪冲下的大树上随水远去。

"这家伙成精了。它的脑袋怎么能一夜之间就好了？难道它的脑袋比戈壁的石头还硬？还是它有意和我开了个玩笑？好像它打了我一回？"

对面的人群开始喊叫了。年轻人不敢多想，迅速将吊箱滑过去，这样他就离自己的亲人越来越近了。

神性的原野

1

　　亚生在出事的前几天做了一个梦，梦见自己在舞台上唱戏，唱了一场又一场，下面是一片叫好声。他越唱越高兴，看见许多单位的同事都在台下。"我刚想和他们打个招呼，忽然舞台塌了，我感觉掉了下去，身体被一股力拉得和面条一样长，然后自己就猛地往下落，好像铁疙瘩一样。

　　"你看我做了这么个梦，很不好。"

　　"你别整天神经兮兮的，梦都是反的。"

　　"不，你不知道，我做梦通常都很灵。我家里每次要发生什么事情，我总梦见自己在唱戏，真的。"

　　亚生很喜欢喝酒，在戈壁这个荒凉的小县城里，大家不认识别人可以，不认识亚生是不可能的，因为亚生是县长的儿子。

　　县城里的人都知道亚生是个汉人。亚生知道这事情已经很久了。以前，亚生无所谓，因为他还是孩子，但现在亚生18岁了。

　　"我咋和别人不一样呢？和别人不一样就是不来劲。他们都卷头发、大眼睛的，就我长这么小球个眼。"

亚生一个人喝酒，然后不管不顾地驱车到了戈壁边缘的多浪河边。风像长着无数双手的人，紧紧地扯着亚生的头发，那衣服也好像被无数双手扯动着；清凉的风裹挟着雨水来过，亚生躺下来，那沙土地让太阳晒得极烫，好像五六个火炉同时燃烧。还好是在河边，那河水荡漾着，风也就变成姑娘，多了轻柔，多了小心。那些疯长的青草因为有水为伴，便出奇地高大。很久以来，亚生就喜欢一个人来这里，远离城市和无边的荒野接壤。疯长的青草里有许多叫不出名字的虫子不时爬上他的鼻子。就在他头不远的地方，有一对蚂蚁正像骑兵一样冲过来。

亚生找过几次自己的亲生父母，找了好多年，这让他现在的县长父亲很生气。亚生总能想起自己头一回看见亲生父母的场面。那是一个夏天，这样的午后，亚生到了很远的一个城市里，他的亲生父母是普通的工人，家里有 8 个儿女。亚生没有注意到那家里家徒四壁的贫困，只是注意到了两个白发苍苍的老人，50岁左右的人看上去有 80 岁。住了一天他就回来了。

河水很清。这是戈壁中的河流，而且从城市中心穿过。河水在这里是清澈的，可以看见河底那些各种色彩的石头，那些石头在水中好像一个个会说话的动物，它们左右摇摆着，合唱着，呐喊着，冲着亚生。亚生还能看见石头与石头中间那些游来游去的鱼。有那种水草一样细小的鱼苗，有黑沉沉的的鲤鱼，好像快要成精了。还有一些红色的、绿色的鱼相互嬉戏。这些鱼一点都不怕亚生，它们看见亚生就游过来，用嘴碰碰水面，好像和亚生接吻问好。一些更大的鱼不容易看见，它们通常在深水里，偶尔游过来，惹得其他鱼赶紧躲开，好像空间不够容纳它的巨大。它游过来的时候，水面会晃动起来，而且河水会溢满河床，水喷洒下来，淋了亚生一身。这鱼好像在给亚生示威，意思是这地方是它把持的，亚生不应该来，来了也不应该得到那么多的好感。

河水轻柔地碰触着亚生，水草也缠绵，如同两个热恋中的情人，也好像母亲和儿子。

更多的时候，亚生会和关生来这里玩。关生是县里唯一的大学生，分配来给县长当秘书。亚生感觉自己和关生有很多话要说。

"你们汉族人吃鱼吗？"

"当然，都吃。鱼可好吃了。"

"你为什么到这里就不吃鱼了？"

"你们不吃鱼而且爱鱼，让它们生活得那么好，我为什么要当刽子手呢？"

"你能不能告诉我，为什么我的亲生父母亲要把我送人呢？"

"家里养不活呀。"

"家里那么多孩子为什么偏要送我呢？"

"不是当时有病吗——"

"有病就要送人吗？"

"当时他们肯定很难吧。"

"你就别想了，你现在是县长的公子。县长对你那么好，你还有什么不满足嘛！"

"话不能那么说，谁都希望是父母亲生的。"

"亲情是培养的。县长从小把你抚养大，你能说你对他没有感情？"

"话不能这么说呀，我也知道道理——可是——"

一群孩子在一起玩。亚生在他们中间，许多孩子玩累了就趴在沙土上。

"亚生，你怎么长得不像我们这里的人？"

"胡说，我就是这里人，我爸爸是县长，你再乱说我让爸爸把你抓起来。"

"你长得就是不像。"

亚生大了就去找他的亲生父母。那是个普通工人家庭，灯光昏暗。亚生看着白发苍苍的老人，他在路上设计好的一切都没有发生。他想着能冲过去紧紧地抱住爹妈，痛痛快快地哭一场，本来是设计着自己怎么亲热地称呼两位爹妈，但一切都没有发生。他好像一个领导来看望需要帮助的贫困户，好像年节里那些看望基层群众的领导。

他礼节性地和亲生父母握了握手，问起他们现在的生活状况，听他们告诉自己四个姐姐都出嫁了，两个哥哥也已经工作、结婚，两个弟弟还在上大学。

"现在家里还是管了上顿没有下顿，你父亲一个人的工资都给两个弟弟上学了。"生母低着头在说。

"孩子，你能来看看我们已经让我们很满足了。做妈的也没有别的要求，就是希望你早点成家，找个好媳妇我们就放心了。"

待了一天，亚生就回来了，亚生始终没有把最想说的的那句话说出来。

2

亚生在城里，城里的街道很宽。大多数人还没有见过小车的时候，亚生就坐在小车里了。亚生坐在车里看，许多人骑在马上，那种赤色的热情的枣红马，那种凶猛的黝黑的黑马。亚生就喜欢这两种马。亚生很早就嚷嚷着要学习骑马，县长不答应。

"那太危险了。"

"大家都骑，不然我长大了让人笑话。"

"傻儿子，那很危险。他们骑马是没有办法。你有车，你比他们强。"

司机说："对呀，这个城里谁还敢笑话亚生？他们也不看看亚生是谁。"

亚生感觉到这话很中听，但他压抑不住自己想骑马的欲望。那些在原野上奔驰的马从小车身边跑过，亚生看见它们斜眼看着车，停一下马上就风驰电掣地奔过去。它们不屑于和车赛跑。好几次亚生催司机快开车，可司机悠闲地抽着烟说："不行呀，你瞧瞧这路，高低不平的，车开不快。"

那马是在欺负车呢！马在青草间穿行，毫无声息，好像一艘船在绿色的海洋漂荡，那滚动的波浪是风，是沙土，是青草的气息。亚生定定地看，那马好像在飞，那样恣肆，那样陶醉。

"哪天，我用枪打断了它的腿，看它还怎么奔跑。"

"亚生不能这样，这是马，是牧民的全部希望，是他们活动的家。"

"谁让它们那么张狂的。"

亚生开始偷偷骑马，马场的牧民也愿意给他马骑，亚生很快就学会了。亚生骑在马上的时候感觉自己很强大，也很成熟。尤其是将马赶得疯跑起来，然后突然一提缰绳的刹那，亚生感觉自己就是天地之间的王者。亚生骑马的时候马主人害怕出问题，就让自己的儿子和丫头跟着。丫头名叫阿依夏姆。最初，阿依夏姆飞身上马，然后拉亚生上来坐在自己的后面，然后抖动缰绳让马一颠一颠地走。后来马就开始慢跑起来，马蹄亲吻大地，一下一下好像让土地送着它们往前走，所有的草和泥土都欢快地翻动起来。

亚生学会了骑马，喜欢一个人在草原上狂奔，这让阿依夏姆很害怕。

"他真是疯了。这样的疯子骑马不出事才见鬼呢！"

阿依夏姆觉着亚生好像就是为了这样疯狂地骑马才来到草原的。她听人说这是县长的儿子，看看又不像，县长的儿子从小生活那么好，怎么这么野蛮，怎么和野孩子一样狂？

骑马真是一种享受。那种均匀的起伏好像在船上，又好像和自己生命中某个隐秘的地方在对话。亚生说不明白，自己是因为什么在不断地兴奋，不知道自己嘴里不断地叨叨着的是什么，好像一种力量牵引着他，一个声音在诉说。

耳边是沙沙的风，好像砂石从地面刮过，是尘土，是那种满是清香的尘土。亚生时而坐起，时而站立，时而藏在马肚中，时而身子横躺在马背上。他和马较量着各自的绝技，又好像一对好搭档表演着他们各自的绝活。当他们跑得远了，人们只能看见一匹狂奔的马在原野上，在五彩缤纷中穿行，好像一匹没有家的马，一匹绝望的马，一匹狂野的马。但那个人呢？那个人已经成了马的一部分，他和马成了一体。他不是骑马，而是让马骑着在原野上奔跑。

3

亚生经常出去骑马，老县长已经知道了。原来是不舍得，可作为戈壁和草原上的汉子哪一个不会骑马？骑马是他们的本能。所以他就睁只眼闭只眼，主要是不让自己的老婆知道。老县长明白这事情如果让老太婆掺和进来就会复杂化。

"老太婆太爱亚生了，恨不能替亚生死。她把亚生宠坏了。"

亚生上了高中。除了出生这件心事外，亚生更多了别的心事。少年的事情明眼人一眼识破，而少年还遮着掩着。

县长的老婆开始时不时夸赞自己的儿子了，好像不夸赞就没有机会了一样，好像夸赞的话终于等到日子可以说出来了。是的，该说说了。"儿子晃眼就 17 岁了，上了高中了，个子一天比一天高，多惹人爱呀！"

"我们家亚生呀，可孝顺了！

"我们家亚生呀，可聪明了！

"我们家亚生呀……"

县长有时候和老婆私下里说起,也感到很欣慰。毕竟亚生长大了,毕竟亚生接受了这个家,毕竟他要继续上学,以后说不定能成这个小县城里的人物呢!

可就在这个结骨眼上,亚生住院了。

整个小城都爆炸了,因为亚生得的是癌症。"这是大夫们看不好的病。"所有的人都这么传。

这是个多么偏僻的地方,因为偏僻而显得异常宁静。小城里多少年来已经没有多少可以让整座城爆炸的消息了。过去是县长抱养了一个汉人的儿子,现在是汉人的那个儿子得了怪病,叫什么"血癌"。

一下子天都要塌了。县长老婆听了这消息据说当时就翻了白眼,一帮人掐她的人中好半天才把她弄醒了。她没说一句话,后来能说话了却要求和儿子一起住院。

县长还算有见识,早就听说血癌能被治好,所以他请大夫多方会诊,得到的回答是:只要亚生配合大夫的治疗,是有希望痊愈的。

一住就是半年。也不知道怎么的,亚生开始拒绝吃药了。

4

亚生的梦离奇。所有的人物都和白色的药片一样,惨白而浑圆。而且,他梦见了自己很久前见过的亲生父母。他们两人也和药片一样苦口婆心地劝解，要他一定吃了他们，这样病就好了。亚生听话就要吃，突然一道闪电出来，像一个白色的妖精，一下就打倒了他手中的杯子，痛声说："你在干什么？你这是在做恶呀！"

接着他又看见养母拿起一个棍子高叫着冲过来："你一定要吃了他们，你不吃就会死的。你们想干什么，为什么你们的儿子快要死了，你们还不来救他？"

梦最后出来了。他披着一件灰色的长袍，迎风招展。

梦轻轻推倒了他，他就死了。

亚生坚决不吃药，这让医生们很着急。县长老婆尽管一再相劝，但那一夜后亚生立场坚决地不吃药了。这孩子有心事，心事很重。心里面最重要的一个人估计能劝动他。

"大夫呀，你想，我是他妈，他都不听我的，他还能听谁的？"

"他还有特别亲近的人吗？"

"她的生母，不可能！常年不来往了。后来他还专门去认了回，回来亚生就再没有提过呀。"

大夫皱眉，"他难道没有要好的女同学？"

这让县长老婆想到了一位——阿依夏姆。那就快去找阿依夏姆让她来劝劝亚生吧。去的人回来说阿依夏姆上个月就辍学到南方打工了。

"天呀，这可怎么办？"

后来，老太婆想到了冒充阿依夏姆给亚生写信，她实在没有法子了。夜晚，她呆呆地坐在床上，祈祷了一遍又一遍，她觉着自己已经把性命搭上了。她都开始有些动摇了："老天爷呀，你怎么忍心看着我的儿子，我养育了 18 年的儿子离开我？

"老天爷啊——请给我一点信心吧，我知道这一切都是在考验我对你的忠诚，可现在我有些脆弱，我的儿子快不行了，他不配合医生的治疗，你看怎么办呢？

"老天爷，你不能看着我的儿子死呀，你不能这样无情呀！"

老太婆后来在夜里突然爬了起来，她决心冒充阿依夏姆。

老太婆仔细地比着阿依夏姆曾经给亚生的信来写，模仿阿依夏姆的笔迹和口气。

亲爱的亚生：

原谅我不能及时来看你。

得知你现在重病住了医院，我非常地难过。你知道我在哪里吗？我现在在深圳的一家民族饭店打工，工资收入也很不错的。你曾经告诉我你要上大学，不知道今年考上了吗？或者你改变了主意吗？你可一定要保重身体，好好配合医生治疗。现在我无法请假回来看你，但你一定要好好地等着我回来才行。

她看了几遍自己写的东西，确信没有任何漏洞，才将信放进了信封封好口。那时候夜已经很深了，她好像完成了一件很大很重的活，长长地出了口气。

"老天爷，请原谅我的做法吧，只要儿子活下来，我愿意为你做任何事情。"说完，老太婆的脸上已经是泪水涟涟。

那封信在她的手上显得那么沉重，好像搬着一个沉重的石头，又好像一个烫手的炸药；好像千年的血脉都在她的手中掌控着，好像儿子的命就在这信里要重生一次，而她正守在旁侧。

多么难忘儿子看到头一封信时的激动。

亚生好像有些意外，但随即是狂喜中的故作镇定。当老太婆装作什么都不知地问他："亚生，谁的信？看把你高兴的。"

亚生笑笑说："一个同学，一个女同学。"

老太婆就笑了。亚生从此也开始笑了。

多年前也是在这家医院里，亚生通过一场心脏手术捡回了一条命。那时候老太婆看着亚生睁开的眼也开心地笑过。那时候亚生 10 岁左右。从他降生被生父送给县长的那天起他就开始生病。生父当时已经有了 8 个子女，他实在无力再养活这个孩子了。而且生这个孩子的时候，生母生了 48 个小时，最后疼得连声音都没有了。当生下来的时候，生父就气愤地将亚生扔到了地下。但生母不忍，她说好歹那是生命，养不了送人也行呀。

老太婆那天很高兴。她终于在开明的丈夫的同意下抱养了亚生。她终于能够做一回母亲了。

可后来，亚生检查出来是先天性心脏病，这简直就是五雷轰顶。治疗花费了老两口所有的钱。终于等到亚生 10 岁，有医生愿意给他做手术，这才完全好了。可现在——老太婆看着已经愿意配合治疗的亚生，心里面全是辛酸。

亚生真的爱上了阿依夏姆。他最近老做梦，梦里的内容大多数是和阿依夏姆在一起的情景。亚生在信里了解到阿依夏姆现在无法回来看他是因为南方工作不太好找，自己的工作一旦离开就找不回来了。所以她希望自己的信能鼓励亚生。亚生现在所有的希望就是盼这病能快快好起来，能早日出院到南方找阿依夏姆去。

所以，当每个星期三母亲定时给他把信拿来时，他的脸上总是溢满了精致的羞涩和鼓胀的幸福。这是一张热恋人的脸，是一种完全生活在甜蜜中的青春。看他的脸你就好像能明白那些抽象的中国汉语"幸福""憧憬""狂喜"最真实的表现。医生因此说："小伙子，你这病差不多要好了，再坚持一个礼拜你就可以出院了。"

那时候，亚生红润的脸上除了感激，还有许久难以平息的激动。他的脸可以比喻为西红柿、玫瑰花，或者沾了红色甜酱的饼。

5

亚生在这次住院前曾经和人打过一架，很厉害。那次他和几个年轻人比喝酒，结果喝多了。有个家伙说："你别喝了，你不行。"亚生当时就举起一个啤酒瓶子砸了下来。

男人是不能够受辱的。"即便我不是他们一样的人，我也要让他们知道我的厉害。"那是亚生告诉阿依夏姆的。所以亚生要学骑马，要让草原上的人都不能小瞧他。他还有个野心就是娶个草原上的姑娘做老婆，娶最漂亮的阿依夏姆，这是多么荣耀的事情。

阿依夏姆去深圳打工了。她要挣钱，要自己养活自己。阿依夏姆觉着一个女人如果自己挣不来钱，那就要一辈子伺候人。

所以，这个秋天，亚生感觉自己的身体饱满得如同一个玉米的时候，阿依夏姆已经到了深圳，并且凭借自己的美丽和才艺很快有了固定的工作。这一点让她很自豪。她曾经对人说："我来这里是凭本事吃饭！"

而从做出决定离开的那刻，阿依夏姆就决心忘记亚生了。大家都明白，县长的儿子怎么可能娶一个牧羊女？她父亲就曾经解嘲地说："那个丫头子心野得很，我管不了她了，现在的年轻人都不知道怎么了，和马一样。"

亚生开始像过去那样在城市边缘的原野上游荡。过去孤独，现在还是孤独，但亚生没想到的是自己怎么就病了。

孤独的亚生要出院了，时间是一周后，这让老太婆既高兴又忧愁。她担心的是儿子一周后如果要见阿依夏姆怎么办？到时候怎么把真相告诉他呢？过去老太婆总是写好信托深圳的朋友们寄过来。假如儿子病好了按照地址找过去怎么办？老太婆想了好几夜，终于有了主意。再写一封信，说阿依夏姆最近出国了，要好长时间才能回来，所以暂时不能给亚生写信。只要亚生信了，老太婆就让阿依夏姆的父亲保守秘密，和自己口风一致。这样做了后，亚生果然信了。但这只能是权宜之计，如果亚生怀疑怎么办呢？那只有一条，尽早让亚生断了这个念头，让他忘记阿依夏姆。老太婆想了许多可能出现的情况，其中一个就是如果不明真相的阿依夏姆突然回家了怎么办？到时候亚生明白了真相，会不会又犯病？他的身体再也经受不了那么多的打击了。慎重起见，她决心去深圳见见阿依夏姆。

正如大家预料的那样，阿依夏姆完全理解老太婆的做法，并被老太婆的良苦用心所感动。阿依夏姆说自己已经有了心上人，让老太婆放心，自己不会主动回去骚扰亚生。过去没有，现在也不会了。可她说如果当初老太婆真的找到她说清亚生的情况，她也会帮助亚生的。"不就是写个情书吗？况且我们曾经是朋友呢。"当然，现在为了不刺激亚生，阿依夏姆答应老太婆在两年之内不回家乡，好像人间蒸发。而在这两年内，老太婆决心让亚生移情别恋，让他彻底忘记阿依夏姆。

临别的时候到了，心满意足的老太婆看着阿依夏姆，提出了一个令自己头疼的问题："阿依夏姆姑娘，你这次能不能亲自给亚生写一封绝交信，说你已经在国外找到了意中人，请他忘记你。"

"阿姨您一直自己写，这次为什么不能自己写呢？"

"孩子，毕竟你们曾经是很好的朋友。我一直在冒充你给儿子写情书，现在儿子病好了，但另一个心病还在，这就是他对你的爱，这个需要你彻底给她打消了。阿姨会一辈子感谢你的，姑娘。"

"阿姨，如果我说我真的喜欢上亚生了，您会怎么想？"

"孩子——你如果说的是真话，那就是在救亚生。"

"您不觉着门不当户不对吗？他可是县长的儿子，而我只是一个牧羊女。"

"孩子你是真的喜欢我儿子吗？你不是说你已经有男朋友了吗？"

"我只是不敢承认自己喜欢亚生的事实，但听说亚生是因为我才活下来？"

"姑娘，你来看看这些信，这都是在治疗的时候亚生写给你的情书。尽管我是在冒充你，可在他心中，这信完完全全只属于你一个人！"

6

出事的那天，阿依夏姆答应和老太婆一起坐飞机回家。那天，亚生到了马场，他找到阿依夏姆的父亲。老父亲并不知道事情已经发生了变化，只是说阿依夏姆已经出国了，要很久才能回来，临了还加了一句"阿依夏姆好像已经有了男朋友"。老父亲原想县长太太的意思就是要打消亚生念头。他想：你们看不上我们，我们还瞧不上你们呢！

那时候亚生出院已经两个月了，他两个月没有阿依夏姆的任何音信。他有一种不祥的预感。他做梦又梦见自己在戏台上唱戏，后来戏台不知怎么的就旋转起来，他也跟着旋转起来。

他听了阿依夏姆父亲的话也就不说什么了，挑了自己最喜爱的枣红马飞身上去。那碧蓝的草原大海一样地荡漾着，他骑着马好像乘着船，在高过马身的青草里，他穿越了一趟又一趟，那起伏和颠簸好像一次一次波浪中的享受。

羊群懒洋洋地在山坡上吃草。

毡房冒着烟。

骑马的人说笑着。

阿依夏姆那时候守在路口瞭望。

马在奔跑，亚生想着自己的 18 年。

18 岁，得了血癌。一年的时间躺在床上，因为阿依夏姆的信，他活了下来。

17 岁，开始学习骑马，让当地人不敢小看他。他赢得了他们的尊敬和拥护。他不仅是县长的儿子，还是一名很好的骑手。"那一年我爱上了阿依夏姆，不知道阿依夏姆爱不爱我。"

16 岁，上了高二，当了班长，大家都说他长得实在太弱小，但他又实在聪明。老师们说他以后能上北大。

15 岁，他偷着找到了住在很远的一个小城中当工人的亲生父母。他们有 8 个儿女，生活很困难，50 岁已是白发苍苍。

14 岁，苦恼纠缠着他。伙伴和同学都取笑他，说他一点也不像他们，身上没有毛，脸太白净。有些粗鲁的男人说他像个姑娘。

13 岁，这一年他特别想找到一个知心的朋友，可父亲不许他和其他孩子一起玩。而且父亲警告他，他在此之前发作过一次心脏病，所以，一定不能做剧烈的运动，否则危及生命。

12 岁，因为身体弱，受到大家的冷眼，但父母非常喜欢他。那一天他因为上房顶犯了心脏病。

11 岁和 12 岁的经历差不多。休学了半年，因为 10 岁的时候做了心脏手术。

10 岁做心脏手术，那一年心口都和阴雨天的关节一样隐隐生疼。

9 岁了，他确切地知道自己有心脏病，是先天性的，花了家里很多钱，还是没有治好，而且通过旁人口知道自己确实是领养的，对自己的身世常常苦恼。

8 岁，和人打架，老被打哭。别人有兄弟姐妹而自己没有，很孤独。

7 岁，被父母带往北京治疗心脏病，知道那是自己生下来就有的病，很不好治疗。

6 岁，记得有奶奶疼他。记忆中有孩子骂他是捡来的，他哭着给奶奶告状。

5 岁，爷爷还在。爷爷那一天说："你是我们真正的孩子。"

4 岁的事情记不起来了，以前的更不用问。

坐在飞机上面，如果有高倍望远镜，不知道阿依夏姆能不能看见马场上的那一幕。那个白衣的少年骑在马上如同驾在云彩上，快如闪电地驾马疾驰。他一会儿在青草上漂浮，一会儿在羊群边游荡，一会儿在多浪河里，一会儿在山坡上。那马是看见了飞机要和飞机比赛吗？那原野是因为马的缘故要和年轻人戏耍吗？

坐在马背上的少年开始低泣，那声音刚开始听不见，后来和风一样呜呜响起来，那马也无比忧伤地伸展着躯体，大颗的马泪溅湿了野菊花，溅湿了黄土，溅湿了向日葵。本来灿烂的油菜花忽然变了色，好像被一场猛雨击打过。成群的油菜花也感到了孤独，更不用说正在飞来的雨后的蜻蜓，成片的蜻蜓，飞过来，飞过来了……

（原文刊载于《当代小说》2006 年 11 期，本文有删节）

一把刀

　　当看到那辆载满知青的车消逝在一片黄尘中后，汉子瘫在了地上。这可是一年一次的返城机会呀，错过就意味着明年这个时候才能等到下一辆开往城里的车。难道就这样苦等一年，在这个鬼地方？！

　　汉子立起身，向戈壁边缘的那个村子走去。不久，他便打好了行装和村长握手告别了。"去吧，来这儿的知青都回了，你应该回去……"

　　汉子于是冲着一望无垠的大戈壁出发了，向西北方走没错。起先，他小步走着，最后竟小跑起来。理智告诉他，不能这样，他必须尽可能地保存能量，尽可能地把精力放到最后那几天的冲刺。这茫茫戈壁谁知道要走多少天。听骑马走过这里的人讲，至少要十天，他再快也不会快过一匹马吧。汉子镇定下来，他先用手摸了摸胸口鼓鼓囊囊的东西，然后把身上的一应披挂都绑紧，步子也迈起来，这次他保持了不紧不慢的步速，但步子却没变小，直到天黑时他才在一个沙窝里支起了帐篷。他先点起一堆火烧一口热水喝，然后烤中午打的两只兔子。他运气还不错。虽然到目前为止，他只轻轻呷过一口水，咬过半个饼子，但精力充沛。在戈壁生活多年的经验告诉他，水和粮食就代表生命，路还远着呢，他一定得把这些留到最后。现在，他非但可以不使肚子太饥饿，而且可口的食物越来越多了。汉子来了劲儿，明天路上他还要让食袋多点东西。如果每天都这样，他就可以顺利通过戈壁了。

火中的兔肉发出了鲜美的类似豆腐和鸡爆炒的清香，他迫不及待地猛咬一口，几分钟后，他留下一个半兔子的肉，小心翼翼地放进背后的行囊。那儿有足够吃五天的奶酪、饼干及糖。

吃饱的汉子开始架不住夜的来临，眼皮开始打架。他眯着眼瞅着炭火睡了过去。不过在此之前，他又将贴身的那堆东西摸了摸，然后将剩余的柴草扔进火中。

戈壁上狼群出没，火是最好的武器。

冷月照射着空旷无垠的戈壁，沙风时不时卷起一阵寒意无所忌惮地向四面八方席卷。天在转冷，北方的寒流正在大规模地向这块土地移动。赶在寒流之前回城的知青们，怕也是为了躲开这场浩劫吧。所以，连人都害怕的气候自然也逼得戈壁的另一种生物——狼，开始为它们的处境担忧。

月光下隐隐绰绰的狼群从沙丘上翻越，一点一点地逼近汉子的帐篷。

"嚓嚓"，这声音先是从汉子头正对的那面传来，"嚓嚓嚓"，又是一阵试探的声音，汉子没有醒，而且在强烈的疲惫中，鼻息如雷，嘴角挂着自豪的微笑。

这狼群中的头狼暗示它的部僚别轻举妄动，它自己用爪子撩开帐篷，"丁零"，它再撩大一点儿，"丁零零"，这声音传自帐篷的下沿，原来汉子在帐篷的边沿挂着一些铜铃。头狼不敢再撩，它感到遇到了敌手。一连串的试探汉子都没有反应，是不是可以再试一试呢？几天来的饥饿，以及寒流造成的部僚的死和病，让这只头狼再次鼓足勇气撩开了帐篷，以最敏捷的动作钻了进去，几乎悄无声息，它差一点就挨着了汉子的头发。不过谨慎起见，它转到了汉子的脚边，用爪子拍了拍他，他仍旧鼾声如雷，头狼悄悄地退到了帐蓬的出口，它的尾巴竖着伸出去向群狼晃了两下，然后又向汉子逼近。伴睡的汉子明白即将发生什么。他知道周遭已围了一群恶狼，凭他一个人无法打退它们，有可能还会被吃掉。头狼摆开了进攻的姿势，只听猛的一声嚎，头狼四足腾空向汉子头部压下去，接着是一声哀嚎，头狼在那一刻才后悔自己的失算。它怎么就没注意一根棍子就在汉子手中，那棍子一端闪烁着金属光泽，预示着危险。它是头狼，它必须冒险，但它没想到那是个能取走自己生命的东西。

头狼被汉子刺中了咽喉。仅几秒的时间，头狼的尸体便落在了狼群中间，而在惊慌失措的群狼呆立的片刻，汉子的棍子又起。大块的炭火被带到四面八方，准确无误地打在四周狼的脸上、眼上、身上，开出了焦灼的花朵，也是在同一时间这群恶狼狂叫不已，悲悲地逃遁。

"狼是怕火的。"汉子肯定了学到的这条朴素的经验。这时，他才感到这句话原来是带着血，带着命的。

乘兴，汉子又到周围拉了一捆干草，点起来更热更燃。他这回收起了帐蓬，睡在露天下。火把脸烤得出汗，他睡得很香。

又是两三天的路程，在这几天里他没能打中一只野物，但粮食足够再吃几天。狼群没有再出现，汉子有些自豪。正午时，滚烫的太阳出来了，他脱去外衣舞动起木棍，想象着自己是个侠客。舞了几下，他有些喘。汉子再次提醒自己还有好几天的路要走，他必须保持体力。他又迅速地穿好衣服，收拾好行装，呷了一口热水，然后下意识地摸了摸胸口，心里一惊：刀子，那把刀子呢？

当看到身边不远处那个用牛皮裹成一堆的东西时，他忙奔过去，打开牛皮，一把精致的英吉沙小刀出现了，一把真正的刀，鞘上有精美的蓝宝石，在太阳光下发出五彩的光。这不是一把普通的英吉沙刀，是从古墓里偷来的，据说那墓里埋着一位王爷，这把刀就是民间传说中的那件无价之宝。

汉子把它包好，小心地往怀里掖了掖，心"怦怦"直跳。"嗨！如果真丢了这把刀，我该不会发疯了吧。"汉子又摸了摸胸口，虽然这把刀才刚刚在这儿安顿好，可他还是感到这刀会飞。"宝刀，宝刀呀，你比命还要贵呢，好好和我回城里去，保我荣华富贵吧。"

又是五天五夜过去了。狼群看样子是没再跟着他，什么事都不曾发生。如果不出意外，他当晚就能回城。汉子抬头喘了口气，看看天色，他感觉寒流要在当天赶到了。如果真是那样，他可得抓紧。

这时的午阳下，可以清楚地看见从前面的沙丘后钻出一群狼，在新的头狼的带领下，它们迅速且毫无声息地向汉子靠近。它们已经跟踪了八天八夜，是一群被饥饿逼疯了的狼。在新的年轻的头狼带领下，它们保持了空前的团结，耐着极大的性子，等待着汉子毫无防备时攻破他的防线。

机会来了。

新的头狼，看上去年轻英武，它统领着狼群的一切。如果这一次再失手，它将作出最坏的选择，要么让寒流冻死，要么让老幼病残的狼供养强者。自相残杀一触即发。

它吸取了上一次的失败教训，为了麻痹对手，它让狼群远远地离开，而它紧紧尾随。每天它都仔细地观察对手的起居，它已注意到汉子胸前的那样东西，它注意到那好比是那人的性命。此时的汉子躺倒在沙丘上，阳光下他通体透明，简直就是一种诱惑。

午阳下的汉子劳累而且饥渴，尽管他明白寒流已不远，尽管他也知道狼群有可能会卷土重来，但他太累了。

一场恶战开始。机警的汉子依旧故技重演，年轻的头狼仍没有逃脱前一只头狼的下场。这次，群狼无首的狼群没有再退缩，饥饿和寒流让它们疯狂。它们一起向汉子扑过来。一头狼咬住了汉子的腿，撕下一块急急地跑了，另一头狼从背后搭上了他的肩头……

寒流很快就来到了。

汉子被牧民从狼群中救出，除了腿部的轻伤外一切都完好。

牧民们说他是幸运的，第二天就可以用牛车送他到城里去。但他们注意到听到这话时，汉子并不高兴，他有几次甚至想站起来。

他果然在天黑的时候站起来，一个人偷偷地离开了。汉子操着他手里的木棍，他还带了把牧民的猎刀，几包炸药。他一路自言自语："我会找到的，我会找到的。"

那夜，寒流袭击了整个戈壁。

那夜饥饿的狼群发生了内乱，大批瘦弱的狼被吃掉。狼群也要生存。

两匹吃饱了肚子的狼徘徊在一夜间变成雪原的大戈壁，长长的嚎叫声像是在向同伴们忏悔。

就在那一夜，这两匹精壮的狼和一个人遭遇了，那人步子趔趄，已没有什么力量，手里拿着的棍子和猎刀无力地在身前探来探去，嘴里直喊着："刀，刀，我的宝刀……"

两匹狼很轻松地取了这个人的血和肉，也许它们会诧异：这人不是前几日独行在戈壁的那个了不得的家伙吗？他是在戈壁转迷了方向？还是不知道寒流已经来到？！

（本文曾获得 1996 年山东省文学大赛小说类一等奖）

麦 子

麦子要嫁人了，她要嫁给一个比她大 42 岁的老头，但她没想到他会那么老。

在西部阿克苏这个地方，按照当地的话，"都好像到了天边了"。"但你知道吗，我们这地方出麦子，还出水稻，还长别的地方没法比的长绒棉，出口呢。"年轻的麦子来到阿克苏不久就写信给家里的父母这样说。麦子写这些的时候心里溢满了快乐，好像从娘胎里又重生了一回，看到了自己想看到的真正的好日子。麦子从四川到了这里，在火车上颠簸了好几夜，又坐了两天的汽车。麦子坐在车上的时候心里有些紧张，因为那时候她看见了洪水一样涌上来的无边的戈壁，那些零零星星点缀在沙丘上的杂草，还有那些泛碱的地。她的恐惧好像一只羔羊的恐惧，是对自己将来生活沙化的恐惧。她觉着自己好像突然间走进了黑暗，整个现实沙漠一样侵占了自己。"难道表姐说的幸福生活就在这样的地方，老天呀，我怎么能到这鬼地方来，这是人待的地方吗？这离家多远呀！"

表姐笑盈盈地在车站等着她呢。那时候麦子也笑了，她的笑宛如饥饿已久的婴儿看见了母亲的眼睛，堆满了委屈和期待。

"你终于到了，全家人都等着你呢。"

麦子的心突突地跳，她的手脚突然地紧张，甚至有些喘不过气来。表姐说的大家是指谁呢？是她在信中提到的他吗？

"你不知道他多么担心，生怕你不来了或者出什么事情。本来他是想亲自到乌鲁木齐接你的。我说不用了，我们家的妹妹没有那么娇气。果然，一路上下来，还那么精神。"

麦子走在马路上的脚有些发软，那地面好像棉花铺成似的，空气里弥漫着水果的香甜味。

"你等一会儿先到我房里梳洗一下，然后我们就去见见他，他好着呢，就是年岁大了点，不过才 40 岁，正当年呢。"

麦子抬眼看看边走边说的表姐，她还是老家时的性格，风风火火的。她看上去比自己还年轻呢，白嫩的脸，穿着电影里那些明星才有的西装，那是麦子梦里才能穿上的衣服。才来这里几年表姐就成城里人了，村里的人各个都夸表姐有福气。那时候表姐捎信回来说，有一个干部看中了麦子，大家别提多高兴了，都说这回轮到麦子有福了。"你表姐只是嫁了个工人，回来了一趟就有模有样的，你现在是要嫁给国家干部呀，你可是咱们这里的金凤凰。到了那里，多留点心，给咱们村里的姑娘们多咂摸着，看有合适的男人也给介绍介绍。"这是村长说的。村长说这话时意味深长地吐了一口旱烟，而麦子那时候郑重地点着头，好像接受着临终的嘱托，好像拯救全村姐妹的历史重任从此交到了自己手中，不自觉地腰也挺直了，脸上的羞涩竟然没了。

进了表姐的家，表姐招呼一声"妹子来了"，就带着麦子进了自己的房间，关闭了房门。表姐打开了柜子，拿出一件红色的西装，一条绿色的丝巾，一条紫色的喇叭裤。那时候麦子已经在洗脸了，用了表姐的香皂，感觉自己的脸滑溜溜的，身上顿时有了葡萄的甜。"就说这东西咋这么香呢，比家里的胰子（肥皂）好。"表姐笑笑，让她多用些。接着就把她洗脸的水泼了，从墙边上的一个水龙头里放出水来。"这水从哪里来？这拧一下就出水呀。"表姐还是笑笑，让她再用香皂洗脸。表姐说："你没有看看你刚才洗的水，比煤炭工人的脸还黑，再洗洗。在家里没有条件，到了这里咱们就是城里人了，要学会打扮。洗好了就穿上我给你准备的衣裳，不知道合适不合适，我琢磨着你该和我一般高，一般胖瘦的，才发现你比我高，还比我瘦呢。穿上再说吧。"

麦子洗了第二遍之后水不太黑了。表姐拿个镜子对着她照，"看看洗过以后，你就变成大美人了。"

麦子脸红了，不敢看镜子里那个大美人。她可从来没有想过自己会那么白，水一样的白。麦子穿上了新衣服，穿新衣服的时候她想到了自己的老娘，眼睛就有了泪。表姐全看在眼里，拿个白净毛巾递给她，她就鼻涕眼泪地哭了。

到了客厅，表姐笑容满面，麦子深深地低着头看自己的脚尖。表姐给她买了全身的衣裳，忘记了她的脚，麦子穿着自己的平底黑条绒鞋，那鞋配着麦子簇新的打扮有些黯然，好像现代家庭里的一件旧式物件，主人不舍得抛弃又一时找不到合适的地方摆放，就那么不伦不类地挤在不明不暗的角落；又犹如一件艺术性极高的文学作品和街摊报道绯闻的杂志摆在一起，无人问津，白白落了一身尘土。麦子的那双鞋是那样，麦子此时又何尝不感到自己的不伦不类。

"这就是老李，李光明，光明正大的光明，人家这几天一直在打听着你呢。"

　　麦子看着表姐，表姐说这话的时候做着立刻要将麦子推过去的姿势，这让麦子的脸顿时好像打燃的煤气炉，羞涩的火苗让自己浑身燃烧，汗乘机如早晨的初露沾满了额头。对面的老李看上去有 50 岁了，表姐说是 40 岁，也许是吧，常年在这个地方工作，风沙大的缘故。他看着麦子的眼睛好像一个古董收藏家看到了极品，又好像看到熟透的瓜果挡不住的诱惑。他伸直了脖子，眼睛的毫不顾忌好像饥饿了十年的爱情。

　　表姐向表姐夫招手使着眼色，两人悄悄关上了门出去。

　　麦子看着表姐的脚，就跟着往外走。

　　"傻姑娘，你们两个坐下来好好聊聊。"

　　麦子那年十八了，她来的时候西部小城的麦子熟了。

　　麦子和老李结了婚。麦子不敢想别的：既然表姐说好，况且人家还是国家的人，每月拿工资，这样的人到哪里找呀！虽然他的年龄看上去比表姐说的要大些，大就大吧，只要这人对我好就行了。所以，当天晚上表姐神秘地笑着问："妹子你看中了吗？人家可是看上你了，一直夸你呢。"麦子就羞红了脸，点了点头。

　　所以，在当时的麦子眼中，结婚就是找一个公家人、吃喝不愁、说出去还有面子的事情，就是找一个可以依靠的人家，可以从此脱离农门的途径。她没有考虑到，这样的途径付出的代价是不是太大。她那时候不懂得什么叫代价，光顾高兴了。消息传回家乡，全村的姐妹们都恨不能马上赶来新疆，她们恨不能马上嫁给那些城里的人，从此过上城市人的生活。放在她们眼前的是麦子和老李的合影，是那个时代的黑白摄影。照片上的麦子粗大的辫子成了一头齐耳短发，大大的眼睛里透着一片水一样的柔情，但旁边的老李就有些老态了。几个人在看到老李的时候都要不自觉地用手搓搓老李，认为是照相的人没有照好，或者洗相片的时候没有洗好，把人的脸洗得皱巴巴的，有些让人看不清楚。麦子的妈妈就在一旁插一句："女婿是国家干部，就是年龄显大了一些，有四十了。"听的人都羡慕地盯着麦子的妈看一眼，再盯着照片看一眼。

麦子和老李认识的第五天就举行了婚礼。老李好像为了娶新娘早就把一切都布置好了，房子是新刷的，家具也重新上了漆，床单被褥也都换成了新的。麦子感到自己受到了重视，好像一个女王。麦子也就把到嘴的一些问题咽了下去，比如老李的前妻什么时候死的，老李还有几个子女，老李的存款是多少，老李的真实年龄。

麦子想，既然已经要嫁给他了，问那么多干吗？问多了也没有用。只要这人对自己好就行了，况且人家是国家干部，能看上自己已经是前世修来的了。

麦子和老李结婚的第二天，麦子发现不对。

麦子和老李头一回在床上做夫妻都必须做的事情时，发现老李的表情是如此地痛苦和狰狞。他什么也做不了。麦子不好意思说什么，心想他可能是这几天结婚累的，可麦子的耳边响起了结婚仪式上一些白发的老头给老李敬酒时说的那些话："你老李真让我们哥儿几个刮目相看了，老了老了还能吃口嫩草。你真行呀你！"当时，表姐说别的话打岔了，麦子看出老李和在场的一些人显得有些尴尬，她意识到在老李的年龄问题上肯定有什么隐瞒自己的地方。

麦子说:"等休息好了再说吧,我看你这几天太累了。"

老李就从她身上滚下来,汗已经如雨淋一般湿透了他全身。

他俩好长时间没有说话。后来麦子说:"我问一个问题吧。老李,你我已经是夫妻了,你就实话对我说,你究竟多大了?"

老李停了好半天,叹口气说:"是不是有人给你说了什么?我知道有些人是眼红了,就和我过不去。"

麦子说:"没有人给我讲什么,我自己猜的,我不生气。我只是想知道你的真实年龄。"

老李就说了。

老李那年已经 60 岁了。原来的妻子刚刚去世一年,他有两个女儿,都已经长大成人回了上海老家。老李说:"我太孤独了,我就想找个伴儿。我还想让你给我生个孩子。"老李说那些话的时候,麦子看到他埋藏很深的苍老,如同他染的那头黑发,黑是黑了,早没了光泽。她拨弄着老李的头发,看清了发根处的那一片片雪白,也看见了自己的将来。麦子想:这老头没有几天活头了,如果他没了我靠谁活呀?眼泪也就随即而来,这让老李感到了一阵温润的久违的安慰。

麦子轻轻说:"你一定行。"

真的就在那年的夏天,麦子有了身孕。这消息很快就传遍了单位。老李的同龄同事们手牵着孙子在散步,开始感叹:"你别说那老东西还真行,不服不行!"

麦子有了身孕,在她看来这就是自己今后生活的法宝,如同在房子外面加固了一层防护，在天平属于自己的一端加上了至关重要的一件：那就是老李家的血肉。麦子还知道到这个时候最重要的是能生个男孩。麦子在家里念过初中，她从书上知道，生男生女要算好日子，这不是随便就可以的。麦子看的书是《清宫秘方》，给她介绍这本书的人是老李，老李说挺后悔的，当初和他老伴在一起的时候不知道这本书，早知道多生几个。老李说："那些张三李四的生了一群子女，当时我在想他们怎么那么会生，后来一想才明白了。"

麦子开始挺着肚子在大院里走，所有上班的下班的不上班的，老的少的，男的女的都看着麦子的肚子问："麦子呀，几个月了？我看你走路的那样子是要生儿子呢！"

麦子就笑笑。麦子心里想：这是看了清宫秘方的，哪里还会错呢？

麦子抱着自己的肚子如同怀抱着一口袋面。那时候一口袋面很值钱。麦子怀抱着自己的肚子如同怀抱着自己的一生，如同怀抱着自己今后的黄金岁月，如同怀抱着打开幸福之门的钥匙，如同怀抱着真正城市人的通行证。

一个乡巴佬嫁给了一个快死的老头，怎么说也有些诈骗的嫌疑。现在乡下闺女要给所有城市人看看她不是骗子，她是诚心和他过，她还要给他生个孩子。城里人还有什么要说的呢？

有了孩子，孩子就是堂堂正正的合法继承人，而她是孩子的娘，她就可以享他的福了。

到了第二年春天的时候，人们看见麦子头上扎着个毛巾就出门了，她不是出远门，她没法回四川老家去，那时候她感觉自己是被家乡抛弃的一棵稻草。而现在，她抓住了救命稻草——孩子。她怀里抱着的正是刚出世的女儿：亮亮。虽然只是女儿，麦子也感到取得了胜利。

麦子抱着孩子亮亮站在人来人往的大院中央，所有经过的人都要跑过来看看亮亮，用手逗逗亮亮的脸或者屁股什么的，然后就啧啧地赞美起来："多好的丫头呀，哈哈，真是的……哈哈，真好真好……"麦子每当听到这样的话脸就会红，她不是羞涩而是幸福、高兴，她知道那话的意思就是：你们俩还真行，尤其是那个老不死的老李，他那么大年龄了怎么还能生呢！

麦子在那一刻突然想，亏了这次没有生双胞胎，如果真的按照自己的心愿生个双胞胎，大院的这些老的少的不得羞得拿裤腰带在自己门前吊死？

年轻的姑娘们也要过来，她们过来就要抱抱孩子，在她们眼里那时候的麦子还和她们一样是不懂什么事情的小姑娘。她们抱着孩子只是提前体会一下做女人、做母亲的滋味，以防有一天自己也做了母亲会招架不了。大院里的姑娘多，婆姨也多，姑娘们纷纷过来抱孩子玩，那些结了婚的婆姨们则温习着那久已荒疏的功课。麦子那种娴熟中透着的自豪和轻巧让每一个20世纪90年代的媳妇们自愧弗如。她们现在既不会生孩子，也不会养孩子，大多数将孩子交给了那些旁边被她们称作婆婆或者母亲的人。

亮亮长得漂亮是麦子引以为豪的一件事情。尤其是当全院里的人都夸孩子像自己的时候，麦子的自豪感油然而生。那时候她明显地收腹挺胸，明显地有些李铁梅的豪迈。麦子在大院里自豪着、欢乐着，常常在站到没有人肯出门的时候到我家里来串门。那通常是很晚的时候。

那时候我和丈夫一起到了新疆，两人都是高中毕业，在当时算是知识分子。麦子知道我也是四川人，所以就特别喜欢到我这里来唠唠。

麦子刚来的时候不熟悉这里的一切，和人一说话就会脸红。那时候我听说大院里来了一个四川妹子做了那个老李的媳妇，就主动去看她。我心想：那老李已经六十了，他媳妇死了不到一年呢，他怎么那么着急地娶新媳妇呢？而且听我丈夫说那四川妹子可能是被她表姐骗来的，不明白真相呢。我就气不过，想到她家里去瞅瞅，看时机成熟就告诉她一些她不了解的情况。可当我到她家的时候，老李已经和她领了结婚证。麦子听说我是四川来的，好像见到了亲人。我想告诉她些什么，嘴张了张没有说。我知道，小姑娘脸上绽开的笑容是真的，她真的高兴，好像并没有什么伤心和委屈，好像她突然间给家里挣了一笔大钱，好像在大街上中了大奖。那种表情只有 20 世纪 90 年代这个特有的"穷人乍富"景观才能描述麦子当时的状态。她嫁给了一个城里人，她可以弄到城市户口了。这是当时许多人通常的做法。

我看着她抱着亮亮进来了，老远她就冲着怀里只有几个月大的孩子喊："快叫姥姥好，快叫姥姥好。"她的嗓门太大了，吵醒了怀中的孩子。

孩子诧异地盯着她，片刻后发出了大多数婴儿都会发出的啼哭声。这种声音是令人放心的声音，可以当作美妙的音乐去倾听。婴儿是欢笑的大师，是证明我们还活在人世最好的见证。所有的烦恼和不快找到了一种可以延续或者摆脱的参照。

每当那个时候麦子就快步走过来，抱着孩子让我看看，"她姥姥，你看看这孩子不会有什么问题吧？"不等我说什么就凑到我耳边说："大家都夸她漂亮，我觉着她不漂亮呢。你瞅瞅她，这鼻子怎么和他爹一个德性！"

她是等着我的夸奖。所有人都一样，需要人们经常把一些好话送上来。这些话不管说了多少遍，他们也百听不厌。尤其是女人。

麦子是一个等着人夸的女子，但这恰恰是我不缺的东西。到了我这个年龄，人们违心地夸我："大娘好身板，怎么你60岁了看上去才40岁呢？"这样的话听着听着心里反而会不舒服。我一身都是病，她们别的不说，专说我身体好，明摆着是不把我当个正常人看。到了我这个岁数，对自己也了解个一二了，明白哪些夸奖是真心的。想想年轻时为了得到男人们的那些甜言蜜语，我们可是吃尽了苦头。他们夸你贤慧，我们就做出比贤慧还贤慧的样子；他们夸你漂亮，我们就做出比西施还要妩媚的动作；他们夸你饭菜好，我们就主动下了厨房，其代价是永远出不了厨房。

当然，我不能把这话对麦子讲，她才多大，正处于对生活充满了幻想的年纪。

麦子自从有了孩子整个人的性格就变了。她过去到我这里来总是缩手缩脚的，而且常常哭丧着脸说："大姨，你看我该怎么办呢？他是城里的干部，我是一个农村人，也没有多少文化，他如果哪一天不要我了该怎么办？"我看着她的表情像是说真的。她的两个眼睛大大地、急切地看着我，好像我是未卜先知者。我说："傻孩子，你不存在那个问题，你多年轻，说句不好听的，他多大了？只有你蹬他的道理，没有他蹬你的机会。你有模有样的，比他差哪儿去？"麦子没等我说下去就道出了她其实最担心的事情："老头子如果哪天不在了，我该怎么办？我连个亲人也没有，我是说自己真正的亲人。"

我说："那就生孩子呀！"

"可他不行怎么办呀？"

这才是麦子要说的话。那话是任何一个女人都难以启齿的话。一个没有任何能力的女孩子，她能指望的只能是一脉香火，但找到的男人打碎了她的梦。

我看着她就不说什么了，我能说什么呢？

麦子常常对着亮亮的耳朵说："你是妈妈的救命疙瘩，你可要好好长，快快长，等你大了以后，我享你的福呢！"

说着话亮亮就两岁了，可以在地上跑了，还可以叫爸爸妈妈。亮亮最可爱的就是那双大眼睛。麦子说："她就是眼睛像我，像我就对了，到哪里人家都说这肯定是我的儿。"而相对于麦子的高兴，老李表现得并不是很热情。在外面他听着众人送来的羡慕的夸赞，但回到家安静的时候会有一种巨大的沮丧袭上心头："我还能生出孩子？"

　　还好，亮亮是比较争气的。亮亮走到哪里，只要老李在跟前，大家都说简直是和老李一个模子出来的，简直就是老李的缩小版。但如果麦子在场，大家又会说这简直和麦子一模一样。麦子是绝对听不得旁人说孩子和他爹一模一样的话。"那意味着我的孩子丑得比鬼还吓人了？"麦子那时会情不自禁地亲亲自己来之不易的孩子。老李如果正巧过来了，麦子会趾高气扬地喊："孩子他爹，孩子要让你抱呢！"老李那时候就会忙不迭地接过孩子，给孩子一个笑脸，然后尽可能地露出慈善的面容，在众人面前摆出一副模范夫妇的姿态。麦子在追求着自己的虚荣：那让她感到满足，让她感到受重视。只有让大家感到老李对她的重视，旁人才不会小瞧她，她深深知道这一点。这一点不需要专门的老师教授，生活就是老师。"生活就是活生生的老师"，这好像是一个名人说的。麦子无师自通。

　　孩子两岁的那年秋天，老李去了一趟上海，他前妻留下的一双女儿在那里工作。老李说他去去就回来，让麦子看好孩子。麦子说："你可得明白，如果那两个孩子问你要钱，你千万不能开口。你得明白你现在的工资需要养家糊口。她们那么大了完全可以照顾自己，你的钱要留给咱们的孩子。"麦子生怕说得还不够明白，再三强调了这一至高无上的理由，好像那就是一道皇恩浩荡的恩赐，就是一道令行禁止的檄文。老李真的是去了然后很快就回来了，但当老李回来的时候，他的孩子亮亮却已经死了。

　　亮亮是在老李离开不久的一次感冒中死的。大家也都只知道是这样。其实亮亮是在感冒吃药的过程中死的，是被药呛死的。这种常发生在婴儿身上的事情就轮到了亮亮身上，那时候麦子刚刚20岁。

那天，急急火火赶到我家的麦子，怀里抱着亮亮，她还没有进门就大声地叫："大姨，大姨你救救我女儿吧，你救救她吧……你看她是怎么了？"

我也有些慌神了，看着孩子已经开始往上翻白眼，口吐白沫，我赶紧给她掐人中，可孩子已经没有气了，我能感到孩子身上的温度正一点一点地往后缩，那粉嘟嘟的肉慢慢地从我的手里滑开，它是在我不知觉的时候从我的手中滑开的，而麦子那时候已经傻了，她让人想起了祥林嫂，想起了"喃喃自语"那个成语。她当时真的就是那样呆呆地站着。良久，她拖着身子走到我家沙发跟前瘫坐下去，眼睛似睁非睁的，头歪到一边。

她那时候没有哭一声，这让我感到一种鬼气弥漫在我的家里。那种弥漫的大雾让光线暗下来了。我想可怜的麦子，她全靠这孩子活着，她还有希望吗？

那时候我已经退休在家里了，没有多少事情做，除了给远方工作的儿子织毛衣，时间是静止的。还好，同样待在家里没有事情做的麦子常来我家里串门，我想她都可以做我的女儿了，她还没有我儿子大呢。可怜的人！

她来了我们就聊些四川的事情，聊一聊大院里家家发生的事情。聊着聊着就会聊到亮亮。这是我最不愿意提的话题，因为一提这个话题就意味着麦子开始发呆变傻，就意味着一整天她都要在默默的流泪中度过，谁也劝不了她。那时候我只有给她拿洗脸毛巾，不住地劝她想开点。我拍拍她，像拍着自己的女儿，我劝解着常常自己放声哭起来。

麦子说老李越来越不喜欢她了，说找了她不如找条狗，好好的孩子让她克死了，好像这全是她故意制造的过错一样。

麦子说现在他们已经分床睡了，老李除了吃饭的时候回家，其他时候就去收集他的古玩。他收集这玩意好多年了，家里有间屋子已经堆满了这玩意，有股阴间的味道，阴间的味道是什么味？麦子说就是古玩发出的味——阴湿而苍凉。

麦子说老李老说该在他入土之前去一趟西安，他要把自己一辈子积攒的这些东西处理了，然后好好享受一下。"我说那些东西值什么钱？老头子就不理我了。他认为我这个人越来越没法理喻，我现在越来越感到我嫁给他其实就是家里的使唤丫头。大姨呀，我已经不想活了，我的命真苦。"

我除了跟着她骂几句老李，什么办法也没有。

老李说要到西安去，说了两年也没有去成，但在这年的夏天他不得不去了，去时带着他的儿子。

说老李有个儿子这真让人不可思议，一个18岁大的儿子。

那是个午后，麦子和老李正在休息，寂静的午后夹带着万道阳光暴晒大地。一个40多岁的中年妇女拽着一个18岁的小伙子迟迟疑疑地向麦子家挺进。那男孩不住地停下脚步，面露难色，想劝说妇女回去："妈——别找了，多丢人呀！"

女人什么话也不说，拉着儿子往前走，女人的脸上写满了坚毅。

先是敲门，然后不等主人出来，女人就拉着儿子闯了进来。

麦子还没有下床，她起身整理一下衣服，边整理着凌乱的头发边诧异地盯着不速之客，"你们找谁呢？"

女人在来路上心里演练好的一幕没有出现。本来情节是这样的：推开门，见了老李，女人就让儿子跪下，叫老李"爸"。然后女人看老李是什么态度，认不认这个儿子。如果不认，女人就豁出去抢天抢地地哭，直哭到天昏地暗，哭到他老李家的房顶塌了，让这老不死的丢尽脸，让砖头掉下来砸死他。

可进了门除了见到早就耳闻的老李家里的新老婆以外，竟然没见到老李，女人顿时有些失落。身后的小伙子拉拉她的衣袖说："妈，别丢人了，他不在，咱们走吧……"

"走你个头，你这么大了，怎么这么没有出息，眼看饭都吃不上了还在讲什么面子。这有什么好丢人的？他是你天经地义的父亲，想赖也赖不掉！"

说着女人就地盘腿坐下，那身段之敏捷如同身怀绝技的武林高手。她坐下后就将身子倾斜成45度扯着嗓子，如同唱京剧那样一声叫白："老李呀……"

她这一声如同滚沸油锅里倒进了水，呲啦一声就把在里屋午睡的老李惊了起来，他迷迷糊糊地从里屋喊："麦子，怎么了？你还让我睡吗？"

他这一叫不要紧，女人立刻弹立起来，拉着儿子赶紧将排演好的节目补上。儿子一进里屋就跪地磕头，连称："父亲大人在上，小儿张文明给您磕头了。"

女人也直接冲到老李的跟前拉扯着老李的衬衣，"老李呀，你不能不承认呀，我也是没有办法才找你的呀，这么多年了我一个人拉扯着孩子大了，不容易。"

老李看了看在一边诧异地盯着这一切的麦子然后转过头对女人说："你是谁？我不认识你。"

女人大叫一声，那一声好像不小心进了黑店吃了一口人血馒头，"你敢赖账，你个不要脸的风流成性的家伙，你种下的种子你就不承认了？你找了一个大学生结婚了，人家有学问有长相我就认了。我也不想为难你，可我那短命的老公死了10年了，儿子我拉扯到今天已经十八了，你看看你看看，你能否定吗？他和你当年一模一样。天地良心，谁如果说不像，那他的良心一定被狗叼了。你这老不死的，我稀罕你吗你以为？我这么多年都没找你，我一点也不稀罕你，我现在找你是因为有了难处了。我已经是快要死的人了，我得了癌症，医生说活不过今年。我只有这个儿子，也是你的儿子，我怎么也得给他找条活路吧，他不靠他爸他靠谁呀！我早就想找你了，你知道吗？你都60岁了还找了新媳妇，我想不通呀！你的儿子都快活不下去了，你还在找新媳妇，你说的过去嘛，你说说……"

涨红了脸的老李看着家门口站满了街坊邻居，他才想起自己该做些什么。他起身穿上衣服，竟然一时找不到自己的袜子了，而多年来裸睡的习惯让他不敢把被子从下身拿开。麦子就忙前忙后给他找裤子和袜子。

那女人开始停住了哭，眼睁睁地看着他穿衣服。

"你慢些，这事情不慌，我知道你觉着挺突然的，你考虑一下，我和儿子今天就不走了，等着你的信。"

　　大院的街坊们都进来了，看着那个 18 岁的孩子问着他的年龄，然后都说简直就是当年的老李嘛，太像了，没有想到老李真有福气，白捡了一个儿子。人家都替他养这么大了，他还有什么好说的？

　　看老李还在犹豫，我就拉过麦子说："麦子你不要参与这事情，这是他们的事情，如果他认了这个儿，明摆着他要和你分财产了；如果不认，你也不要参与，免得落个坏名声。"

　　过了几天，麦子神色黯然地来找我。她说："大姨，他走了，跟我说都没说一声，什么时候走的我都不知道，只留了一个条，说带着他的儿子到西安卖古玩去了，说挣了钱就回家来。我看他有了儿子就不会回来了，我以后可怎么过呀！

　　"单位说我不能领他的工资，这是老李交代过的，没有老李的工资我该怎么活呀！这老头就只给我他的房子了，我守着这房子就是守活寡呀，我才 26 岁呀！

　　"大姨你看我该怎么办呢？"

　　老李去了一年也没有给家里来一封信。大家都说老李带着儿子到上海投奔女儿去了，都说老李发了财了。"他那些古董可值钱了，当年怎么都没有想到老李整天收集这东西有这么多好处呀！""早知道这些破铜烂铁值这么多钱也收集一下。"大家说这话的时候就想起多年以来当老李逢人便介绍他的那些收藏时，大家就像轰苍蝇一样轰他，说他是白日做梦，是挣不了钱想拿大便当黄金。大家想着想着就感到很羞愧，好像做了对不起子孙的事情一样，当着家里人也就不提老李的不是了，只是说老李不讲良心，又把新媳妇抛弃了。这就叫有了儿子忘了媳妇。

又等了大半年，麦子不经常来我家里了。她凑钱在火车站旁边开了一个理发店。那时候西部大开发，火车修到了阿克苏，沿火车站发展沿路经济，麦子租到了一间门脸房。我以为麦子不来了就是想开了，靠自己的手丰衣足食。这个时代，只要能吃苦，干什么挣不到一点钱呢？我想如果我年轻30岁，遇到麦子这种处境我也会这么干的。麦子开店很辛苦，火车站离大院太远，听大院的人说她很少回来吃饭，吃住都在店里了。我想这大姑娘真是能吃苦呀！

女人只有打消了爱情就是一切的念头时，说白了就是把老公当作一切的念头彻底粉碎时，她才可能清醒起来，那时候她才可能坚强。我想麦子对老李是彻底失望了。

一晃好几年过去了，我偶尔在大院碰见麦子，她明显地心宽体胖了，最明显的表现是她的装扮。从十几米外你就可以闻见她身上的劣质香水味，她说那是法国香水。她的头发梳的是美国黑人歌手那种一条一条的拖把头，是摩丝过量后无法再修复的头，是心情愉快地忘记了白天黑夜的头，是因为招摇而显山露水令小城姑娘、小伙感到自己已经落了潮流的头。脸上更是擦得见不到了真皮，如同广告上的电视明星，如同冬天霜降后的茄子。她热情洋溢地向我扑来时我竟然浑身发抖，那不是激动，是畏惧，对这些潮流和时尚的畏惧。

"你怎么这么打扮呀？"

"不好吗？我知道大姐会不习惯的，现在上海、北京那些大城市的年轻人都这样。"说这些话时她好像遥控着那些大城市的潮流，好像那些地方的人都是她的远房亲戚，随时可以通风报信。我本想问问她老李给她来信了吗，但她已经转身和大院的其他人风风火火地打招呼了。

怎么开了个理发店就变成这样子了？不过也可以理解，现在年轻人都在学习稻草人的装扮，红的绿的蓝的，这是个提倡张扬个性的时代。说起来，麦子的理发店早就不是我想象中的那个小门脸房了。麦子说如果还是那么小的一个比公厕大不了多少的小门，连鬼都不会来了。她的理发店也不叫"理发店"，叫"情丝丝美容院"。

我的辈分突然在这个夏天里从麦子的趾高气扬中矮下来了。"大姐"这是个在30岁时常常听到的称呼，那是30岁女人最不愿意而又无法拒绝的称呼。那些小年轻这样叫是出于对你的尊敬，出于对你年长几岁的礼貌，但那一声声"大姐大姐"，叫得你心理年龄好像到了50岁，好像大好的韶华已经离你远去。而现在这一声久违的"大姐"从一个能做我女儿的麦子口中叫出，让我不清楚自己是显得年轻了还是更加苍老。现在的社交界已经开始忽略年龄，无论对方年龄大小，一律称作"小姐"，而那被称作小姐的人全要自己把握分寸，要清楚自己究竟是不是小姐。所以，人越来越不真诚。

可我知道每一个人的处世原则是不一样的，没有必要强求一致，况且麦子是在靠双手吃饭。

麦子终于没有等到老李的一封信，她等来的是派出所的民警。那个清晨，当我走在大院里的时候，突然听见大院的人群里传出这样的声音："被逮着了，昨天晚上的事情，今天派出所要单位派人来领人呢。真不要脸，趁着老头子不在家做这种事情，我还以为她在外面靠理发挣钱呢，怪不得打扮得那么妖气。"人们把什么话都骂了出来。那些话如清晨家家倒出的污水，而这些污水又直接和男人女人的生殖系统紧密相连。

麦子回来的时候是在晚上，我等在她家的门口。老远我就看见了她的身影，在黑暗里鬼魅一样地移动。她蓬松着乱发，长发披在脸前，如同一个出墓的活死人。我叫了一声："是麦子姑娘吗？"

她愣了一下就哭了。

麦子 26 岁，按照她说的话，她真正地从老李那里得到的幸福就是女儿的降生。结婚 8 年了，她和老李只有那么几次夫妻真正的日子。一个得不到丈夫爱的女人，一个已经踏进了婚姻大门的女人，当她知道了男女之间还有那种灵肉相牵的快乐时，她渴望着这种快乐，而一旦这种意识被激发，那将如洪水滔滔而来。但是，老李那时候却成了干枯的河床，再也渗不出一点水了，他希望麦子和他一样。他看重的是麦子的样貌，那是他一直追求的面容。当这一愿望实现的时候，麦子就被搁在一边了。因为他知道她属于自己了，如同他对那些古董的关注——千方百计得手后，仔细地琢磨半天，最后就放进了储藏室，让它蒙满尘土。不同的是古董越古越有价值，而麦子越放越感觉自己青草的气息正慢慢从身上淡去，欲望的火像火山下的熔岩一样随时可能爆发。

其实麦子开理发店的本意是自力更生，但当理发的人们看到她总是一个人来去，就问起她的身世，她边给人理发边就讲自己的经历，所以一些人就专门找各种机会来理发。

一个顾客开导麦子说："你应该想开了，现在都什么社会了，什么三从四德的，你老公那样对你，你早该离婚。现在他不理你，你可以找别人理你呀！大好青春去了就找不回来了，我建议你放开思想，充分享受生活。"

麦子说："那样多不好，传出去我怎么活呀。"

"这个世道哪里有不让人活的路，你自己就可以养活自己了，你怕什么人呀！"

麦子在那人的劝说下，并在那人的帮助下开了美容院。麦子开始打扮起来，新潮起来，热情洋溢地要燃烧起来，最后终于把自己燃烧进了派出所。美容院关了，麦子回到了家，回到了大院。大院里的人见了她都躲得很远。

麦子在我的怀里失声痛哭，她无所顾忌地哭着，让我难过。"孩子呀……你知道错了还来得及，谁叫你嫁了那么个老公呢！这就是命，你没有办法改变呀！孩子呀，咱们这路还长着呢，你再等等，你还年轻呀。"

麦子哭够了，她什么也不说，眼睛突然明亮起来。我不知道她要干什么。她哭完就没有任何沮丧的神情了，好像什么事情也没有发生。这很突然，我甚至不知道下一步该怎么劝她了。

她神情自若地开始收拾长期不住已经凌乱蒙灰的家，她打开窗户，打开门，说等太阳出来让阳光进来，让空气进来，而那时候已经是凌晨3点了。

凌晨5点的时候麦子就起床了，她蹬起自行车到了城郊很远的水果批发市场，开始了卖水果的生涯。这是一种风雨中浸泡的生活，是在日光下焦烤的生活。麦子好像存心和谁赌气，除了在水果市场上看见她推着小车叫卖以外，大院里已经见不到她了。

那个黄昏，我看见她蓬头垢面地骑车回来。我叫住她："生意怎么样？"她说还行，临了感谢我还惦记着她，她表姐已经不认她了。

再一天，她来我家，已经是晚上了。看得出她梳理了一番，但整日的风吹日晒使她苍老了许多，眼角已经看到了很深的皱纹。她平静地告诉我："大姨，我已经向法院提出了离婚，到时候他回不回来就是他的事情。我想明白了，我要靠自己，离了他我照样可以生活。我还要建立一个家，过真正的人的生活。"

那是过了两年的夏天，那年麦子 28 岁。西部的麦子又到收割的季节了。

童　僧

我看见有那么多的人往那边去了，我看见那么多的
人又往这边来了。

——作者题记

1

我被送上多浪山的时候是 4 岁，而我现在已经 14 岁了，我
已经当了 10 年的和尚。这 10 年，村里人来看过我好多次，但
我没有见过我的父母。村里人都说，我和我的父母这辈子注定不
能见面，算家子说了，如果我再和父母见面，我们家就有血光之
灾。算家子也说，如果我在 4 岁的时候被送到山上当和尚，就
可以保证我们家的安全，也就是我们家一定要出个献身佛门的
人。还好，我已经习惯了山上的生活，但我想念我的父母。我想
不通，既然我已经成了佛的人，为什么佛还不能让我看看我的父
母，为什么就不能化解我们家的灾难？

这多浪山和别的山不一样，别的山是已经有了名字，然后周
围的河流村庄以它为名，而这多浪山是因为山脚下的多浪河而得
名。这样说的话，好像河流应该比山出生得早，谁知道呢？我来

的时候河流、山都有了。多浪山上多树木，不是品种多而是数量很多，树只有一种，叫痒痒树。这树你只要轻轻挠它的树身，它的枝条就会微微颤抖，像一个害羞的姑娘或者胆小的人。我更多的活动就是每天午后坐在树下不时地挠挠它们，看它们枝叶摇摆我就会笑，我的笑是不出声的。来这里 10 年了，我没有见过真正笑的人，所以我都忘记了笑出声该是怎样的了。

　　我每天的功课就是 6 点起床跟着师兄"老虎"去山下担水，然后回来吃饭，7 点到大殿打坐冥想，一直到中午 12 点。就是说，我要一直坐在那里一动不动 5 个小时。蒲团已经换了三次了，那些被换掉的蒲团代表着我失去的岁月。青灯佛号像我的守护者围绕着我，它们慈爱地看着我每天如此听话地念颂那些流传千古的大乘佛学。那些枯叶一样的佛经从师父一页一页地交给我到现在被尘封在藏经阁，那上面所有的教义我已熟记于心。

　　师父出外云游已是第三个年头了，我和师兄也快乐了三个年头。因为我们不必看师父的脸色和经常接受他莫名其妙的惩罚。尽管师父经常惩罚我们挑水或者不给我们饭吃的时候说是为我们好，是为了让我们顿悟人世，可我们还是认为吃饱肚子顿悟要比饿肚子强很多。

　　今天我的冥想是从"什么是佛"开始的。我想佛既然是一个国家的王子，为什么要到山上冥想呢？是为了让更多的人学习他？

　　山下的村庄已经不像过去那样平静了。最近几年这里被开发了，成了旅游景区，而且这里的庙堂也常常要接待许多善男信女，这种事情在以前是不可能的。10 年来我见到的人也没有今年见到的人多。

王子一个人离开国家到处流浪，到处寻找可以隐居的地方。他做的最多的事情就是化缘和冥想。后来他觉悟了，头上就长出了光环，就成了佛。

"每个人的心里都有一朵清静的莲花，都有无量的智慧。把良知、良能启发出来，我们就会得到大智慧。"师父通常这么说。

庙已经建了有些年头了。奇怪的是，连师父和当地老人都不知道最早是什么时候、谁来这里建的庙。在大戈壁的这个土山上，有一个庙是个奇迹，这如同在一个没有人的地方出现了一座富丽堂皇的宫殿，一个破落的村庄里出现了一所学校一样让人惊奇。更令人惊奇的是，据说这多浪山本来寸草不生，可自从有了这座小庙，山上就长满了树，而这树就好像一夜之间诞生的。师父云游时，也就是三年前，这庙已经年久失修，大殿的木梁经常能听见噼啪断裂的声音，群鸟在屋顶那里做了巢，每当清晨或者黄昏总能清楚地听见百鸟的歌唱，那种婉转和清丽，那种毫无顾忌的呼朋引伴，让我内心深处回响起大海一样的涛声。一个人的内心其实比大海还广阔、还深，那里面藏着很多的声音。不同的时候，不同的场面，那里会有不同的响动。

前几天来了一对老知青，他们当年在这个戈壁滩上相遇然后成了亲，在这里待了几十年，从来没有到我们的庙里来一次。这次是退休后从武汉专程到这里的，说怎么当年不知道山上还有座庙呢？

你说奇怪不奇怪？！

说奇怪也不奇怪，当时老两口为了养活三个孩子整天考虑着怎么挣钱养家，哪里想到求佛呢？况且即使想到了，也绝不会想到佛还会跟他们一起到了这个远离都市的戈壁滩。

老两口这次是跟着旅游团来的。通了火车，路也好多了，说这山成了景点就来看看，没曾想这山上早就有佛。

原来那么辛苦也没有拜过佛，现在老两口上山就是来拜佛的，好像要补上什么似的。他们很虔敬，嘴里嘟囔着。

庙前的树摇摆起来了，它们是看到老朋友害羞呢，还是欢迎它们呢？谁也没有碰它们呀！这些痒痒树，和佛待了那么多年了还是不能免俗呀！

老两口拜了佛，还抽了签，师兄看了是好签，两人喜上眉梢，从口袋里掏出一张大票子投进了功德箱。

大殿重新盖过了，我们睡觉的地方装了空调，藏经阁也经过了扩建，那里有了阅览室和大礼堂，以后要经常邀请佛学院的老师和研究生来这里给信徒们作报告，而且这庙还成了一些佛学院学生的实习基地。

2

那些村落已经几百年了，从有地球的时候就有。地球有好几百年了吧，地球是我们所有人的祖宗。它像马船一样行进，驮着摇动的村庄在戈壁上、在风沙里、在远离繁华的西部。这些马不知道他们的同族和他们有着不一样的命运。那些黄膘马、赤兔马是他们家族的骄傲,已经幻化成遥不可及的传说。而高大的蒙古马生活在草原,在那瓦蓝的天空下面风一样飘荡的青草间,在白云一样的毡房边。而西部野马群活在戈壁里,那个被高贵的马的家族几乎遗忘的地方。他们成群结队地和村庄亲近,成为村庄的一部分,也就成了戈壁上的船只。

村落里住的人口音不一样。他们和本地人长得不一样,尽管好多年了,就是不一样,一听声音就知道。那些房子都是用泥土和着干草盖的,从每一个房子外面你看不出它们的区别,可从炊烟和篱笆的味道,从门前细弱的青草的声音里,这些外乡人和本地人就是不一样。

我喜欢这些外乡人。因为我也是一个外乡人,一个外乡来的注定要化解家庭灾难的童僧。师兄"老虎"一年四季是不喜欢活动的,他总在经房里念经。他今生最大的心愿是在师父圆寂后他接手这个戈壁滩上唯一的庙,这个挂在旷野上的匣子。他夜夜倾听着各种美妙的声音从它那里传出来。

我想他都要疯了,他把那庙看成了人,不然他不会天天陪着它那样。

村落里来了好几拨人,都是从很远的地方来的。和我的父母一样,他们或者为了到这里来开垦一片荒地,梦想着有一天成为万亩田园的主人;或者是为了逃婚,双双到了这里。来的人起初都年轻,现在都已经老了。到一个偏远的荒凉的地方求生活,那只有异想天开的人能来。所有的年轻人都能看到青天一角为自己敞开着。

我喜欢中午下山。这时候没有颂经的任务，村里的人都休息了，场院里静悄悄的。田地、瓜果、牲蓄和太阳缠绵着，都洋溢在绿的旋律里，醉了。戈壁的风是醉人的酒，而绿色是助兴的酒令，由不得你不醉。

戈壁的河流是村庄的生命。那些黄色的小花小心翼翼地陪伴着它，妆点它，让它活脱脱地往前走。瓦蓝的天微微颤荡，多浪河水不断地溅起浪花，打湿了我的眼睛。

我今年 14 岁。我喜欢中午的村庄。

3

早几年我看到那些花朵一样的男人女人，会赶紧躲避，或者脸红心跳。现在脸也红，心也跳，但不躲避了，我用眼睛看着看着就听有人唱起来，唱的都是哥哥妹妹的事情。

哥哥我今夜坐墙头，妹妹你抛个绣球

哥哥我就睡了个觉，一睡睡到了村东头

东头里的麦场风嗖嗖，妹妹你冷就唤我的肩头

我不让自己去听，但中午到了就疯子一样往山下跑。我真疯了，我不想下山来，可脚不是我的，好像是属于这条山路的，顺着就下来了。我趴在多浪河边看着，听着，脸开始红了，心开始嗵嗵跳了，眼睛就眨呀眨的，最后就只好合上了。

合上就看到阿依霞姆从那边来了，那匹小白马载着她，地面感到重量的挤压，发出很沉闷的啪达声，它都感到脚下的土抖起

了黄尘。

"心要像明月，有水就有月。心要像天空，云开见青天。心如镜，虽外物在转变，镜面却不会转动，所谓镜转而心不转。"我一遍一遍默念师父的教诲。我端坐在树丛下面，把自己坐成一尊佛。

4

多浪山的雨不知道是什么时候下来的。一年四季，尤其是夏天这里没有几场雨下。今年就巧了。阿依霞姆是放了羊后来找我的，我们约好来河边的树下。她比我大3岁，骑在白马上，一颠一颠，起起伏伏。那雨也不大，阿依霞姆就和所有的女人一样惊叫一声下了马，好像突然踩了一只兔子的尾巴。她翻身下马，像一只漂亮的蝴蝶。我都看呆了。

我早就看见旁边的那些男人女人们进了花丛，只能听见嘻嘻哈哈的声音，好像一片青草在笑。那些雨丝刚开始慢条斯理，后来就像水龙头没关一样，哗哗地从高处下来，毫不犹豫地进了河道。

大雨一下子逼出了草丛里的人们。好像突然从雨水里长出来的人们，手拉着手往山上跑。一个山洞里已经有了一对，就再找别的地方。阿依霞姆的马没有地方躲，急得她原地直转。我说："到我们庙后面的牲口棚吧。"阿依霞姆说："那要走多久呀，到那里咱们俩都成落汤鸡了，不如就找个大树下面暂时躲躲。"

那雨水的水龙头终于让人关住了，这地方下雨没有超过一小时的，都是过路雨，好像一个赶集的人，急忙往前走，根本没有想着在路过的客栈多一刻停留。雨水一停，我说："还是你聪明，不然咱俩真的要让大雨淋透了。"

阿依霞姆却不说什么了，眼睛看着地上的蚂蚁，那些蚂蚁正开始从洞口出来，鬼鬼祟祟的。我有好多的话要对阿依霞姆说，但脸先红了。

"你喜欢雨吗？"说出来的却是这句话。

"我喜欢，这雨太少了，一年四季都这么下雨就好了。"

然后两人就不说什么了。阿依霞姆一声不吭地将头趴在膝盖上，拿个小树枝一遍一遍地在土地上画圆。

村里人开始从我们身边走过去，有回过头来嘻嘻笑的。阿依霞姆说："你应该去河里游泳，那些男孩子都在那里游泳。"

"我不能到河里去，大师兄会骂我的。我下山让他知道了他也会骂我的，告诉师父可了不得，我就做不成和尚了。"

"你不如就到我们村子里来，我教你放羊吧。"

"那我的父母亲就要遭殃了，我会让我父母亲担心死的。我是专门念佛的。"

"哪个人愿意当和尚呀……你还小，你大了就知道了，当和尚是不能结婚的。"

"我知道，我都念了 10 年经了。我们家肯定不让我结婚，也没有钱给我娶媳妇。"

我不说话了，脸红得和那些地里的西红柿一样，是心脏的颜色，心脏的气息。

5

　　我必须在"老虎"午觉醒来前回到多浪寺。"老虎"总是在中午的时候睡得发出老虎一样的吼声，有时候吹胡子瞪眼。"老虎"比我大4岁，他是师父在博乐化缘的时候捡的弃儿。我比"老虎"幸运的是，我知道自己的父母亲，我们共同的不幸是都成了弃儿。"老虎"非常虔诚。他从早上打坐到中午休息态度都很虔诚，从他紧锁的眉头和严峻的表情就可以看出来。

　　我经常在念经的时候问师兄，为什么他老是紧锁眉头。

　　他说他那是在参悟。

　　我说那不像参悟，倒像忏悔。

　　他就撇撇嘴不说了。

　　"你说如果你有100只羊，结果有一天你发现丢了一只。你是急忙到别处找丢的那一只，还是赶着剩下的99只回家？"

　　"我找丢的那一只。"

　　"你甘心让那99只羊留在旷野上吗？"

　　"那一只不知丢在哪里的羊更可怜。"

　　"你告诉我经上说的'抱持'是什么意思？"

　　"不要问我。"

　　"那说的那个老和尚和小和尚是什么意思？"

“你说的是什么意思？”

“如果咱们的大河涨水了，阿依霞姆不能回家了，她求咱们抱她过河，你帮她吗？”

“当然。”

“那不就得了。佛不是要求我们不近女色吗？你怎么还抱她呢？”

“你这个小兔崽子，说得好好的佛理，你怎么说到阿依霞姆了？”

我听见师兄的木鱼敲得有些急了。我看他不回答我，心里就乐了。那匹驮着白云一样姑娘的马在山下、在雨中起起伏伏，遍野都响起戈壁雨后的清澈和空寂。那白马扑沓扑沓地溅起泥水，身后留下一个一个深深浅浅的窝，但很快就让水填满了。其实那是土地在走，就如同我们行走在桥上，水没动，是桥在流。

我有些得意，我说：“师兄，现在我们在哪里？”

“在山上，在多浪山。”

“不，我们在水上，多浪河在流。”

师兄看看我，又闭上眼睛，脸上是鄙夷，无比的鄙夷。和那些百年的山石一样，你看不透他本来的面目。据说修为极高的人自然就产生了威严，就产生了神秘，就自然会成为领导者。山是这戈壁的领导者，师兄估计是现在这座山的领导者。如果师父回来，师父是我们的领导者。世界就是你领导着我，我领导着你。

我出生的那天，天空都没有太阳了。

一个和尚敲了我家的门，对刚刚喜得贵子的父亲说："你们的这个孩子命很硬。你们必须在他 4 岁的时候送他到多浪山上的多浪寺当和尚，不然你们家将不断有血光之灾。你们这个孩子以后能够成为一代高僧，能光耀门楣。"父母亲都很信。等到我 4 岁时真的就送我到了多浪寺。

父亲对母亲说："咱们怎么这么命苦呢。在老家没有土地耕种，害怕饿死。听说这地方有地方种地，有吃的东西，怎么来了还是逃不脱灾难呢？"

母亲就安慰他说："一切都有天注定呢。现在也是好事，既然说了孩子当和尚可以免去灾难，咱们以后也就有好日子了。"

10 年过去，我记忆中的父母已经是模糊的影子，我生活的村庄却连影子也没有了。遗忘真的非常强大。

下午时光，我和师兄主要学习佛经，师兄把这当作自学，也就是每人抽几本书翻着看看，好应付师父回来后的提问。这时候来的香客也比较多。一些人是来敬香的，他们属于虔诚的信徒，有佛必拜。有些人纯属游客，名山大川走动的多了，各种寺庙也见的多了，听说这荒凉的戈壁滩上还有个庙就好奇来看看。

师兄的心思我一直搞不懂。他除了清早和我一起到山下挑水外，其余时间好像都在山上，永远是闭目修行的样子。我真的不知道自己怎么就有那么多的妄念。我开始睡不着觉了。我老梦见骑在白马上的阿依霞姆。

我总能在这样的梦里笑出声来。我知道自己犯了戒律，就起身拜佛，求佛能宽恕我的不敬和淫念。

　　我走出禅房。夜晚的星空如此辽阔，那清爽的风不时从树梢轻轻拂过，像少女的衣袖，白纱的梦一样。我知道在不远的另一处村庄，我的父母当年怎样艰难地从外乡到了这里，那些当地人怎样好奇地接受了他们，给他们穿上当地的带着金边和花纹的服装，给他们马奶子和馕，教会他们放羊、编织草鞋。外乡人越来越多了，那些躲避灾难的人们，告别大都市来到这个荒凉的被城市遗忘的地方，为了另一个生存的希望。他们从一只羊开始，后来有了一群羊，如同我们家那些开始成长的孩子。这是块生殖力很强的土地，我知道我的兄弟姐妹们正在不断地来到这个世界上，和羊群一样成为这个戈壁村庄的成员，成为这片天地的子民。他们远离都市，带着父母给他们的都市的梦幻。

　　那在曙光里就下地的人们，那些异乡人不能像这些当地人那样安心地生活在这个无风无浪的村庄，他们的根不在这里，他们夜夜翻腾的血脉告诉他们故乡在别处，迟早要离开。可现在他们老了，躬着腰一点一点地下地。那闪烁的希望交给了那些年经的男人女人们。

　　师兄的禅房过去总是亮着灯的，今夜却没有灯光了。我希望能听见他老虎一样的鼾声，可今夜没有听见。我蹑手蹑脚地走近他的窗户，还是没有任何动静。我推门，门竟然没有锁，我点着灯，房间里没有人。师兄这晚上到哪里去了？山风刮过来，灯灭了，有些冷森森的。我不敢多想。

6

半夜里突然下起了一场暴雨。整个山都在哗哗地流水，好像整个庙也成了水要流下去。那满山的树都魔鬼一样地摇摆不定，发出的声音好像一场悲哀的呼告。

是大地露了窟隆还是天空露了窟隆？不然这雨不会这么下不停。真没有停，这雨下了三天三夜。大雨过后一般会有洪水，可洪水当夜就从天山上下来了。这是夏季呀，天山上的雪本来在春天该化的都化了，都经过多浪河去沙漠了，现在天山上那些本来万古不化的雪开始在一场大雨中融化了，简直不可思议。当晚多浪河水就在大雨中泛滥，开始向河两岸的村庄蔓延。粗心的村里人，他们几辈子也没有见过洪水。这个干旱的土地上哪里有过多水的时候。听见大水滔滔，他们躲在被窝里说："好呀好呀——多少年没有见过这么多水了，这下牧草会长得更好，庄稼也会很好的。"

大雨的声音遮盖了这些洪水的声音。洪水偷袭过来，他们马不停蹄地闯进了农舍，那些家禽惊慌地叫起来，满世界的家禽和牲畜都扯高了嗓门向主人们发出了最后的惊叫。那种混和的声响在雨水中好像美妙的合唱。

"老天爷降雨了，连牲畜都高兴了。"

"老鼠怎么不怕人了，都往房顶上爬？"

"这雨的声音有些特别呢……"

"谁家的娃娃哭成这样？"

"不，好像是羊在叫，羊好像发疯了在叫！"

"我怎么听着是那些树在叫唤呢？天老爷，快起来，出什么事情了吗？"

家家都起来了。灯亮起来，整个村庄像是在水面上的宫殿。

我下山来，因为我们的庙正和水一样往下翻。我飘在水上，我想到了阿依霞姆。这充满了黄沙的河水几次呛着了我，好歹我爬上了一家人的屋顶，那上面已经爬上了好多村里人。黑压压的一片，全成了水的世界。水面上不时飘过那些可怜的羊，谁家的牛。我没有看见白马。人们诅咒着这场大雨。这场大雨摧毁了他们今年的梦想。本来可以挣钱带孩子去大城市玩的，这下完蛋了；本来是可以给老婆买首饰的，现在完蛋了；本来是可以给儿子娶媳妇的，现在也完蛋了。什么梦都让这场大雨和洪水冲走了。

大家期待着天亮，他们以为天亮大洪水就会退了，可洪水三天三夜才过去。这三天三夜里发生了许多事情。

头一天里最大的事情是，村子里的所有羊群都没有保住，它们都被冲走了。最庆幸的是村里的老人、孩子们都活着。第二天听到的是，青壮年里少人了，一些男人女人不见了。这些人是家里的中间代，不在让家人特别照顾的老人和孩子之列，也没有成家立业。他们是儿子或者女儿，他们经常出去玩到很晚，家里人是不操心的。可恰恰是那些扛着女人的年轻气盛的男人们，他们少了。一共少了3个男人，4个女人。

当听到丢失的人里有阿依霞姆的时候我突然从房顶栽倒下去。我栽倒下去的时候村里的许多男人都栽倒下去了。后来耳边净是扯高了嗓门在洪水中高叫着的声音。阿依霞姆的奶奶用歌唱的音调哭自己的孙女，她伤心极了，哭的过程中好像有几间房子轰然倒塌。洪水的威力如此巨大，暗藏着杀机。那些人到哪里去了？那肆虐的洪水把他们带到哪里去了？

第三天发生的大事与我的父母有关，但那时候我不知道说的是他们。说是邻村里的两个异乡人的房子在下雨那天被洪水冲垮了，先是女人被洪水冲走，男的把家里的孩子放到了屋顶以后，奋不顾身地去救老婆，结果两人都被洪水卷走了。

村里人都说两人可怜，死了连个尸体也没有找到；都说那男人太傻了，面对洪水怎么敢去救人。村里许多年轻人听了这个事情都眼含着热泪说："真感人，怎么这么感人呀！瞧瞧——那才叫真正的爱情呢！"

结果被冲走的那家孩子们都活下来了，而且有许多吃的东西飘到了他们旁边。

洪水退的那刻，我一个人划船往四处看，我在原来的村庄上面划船。我只能看到那些低矮的屋顶，它们全部像露出水面的岩石。我划了一天，救了4只小羊，1只牛。天黑的时候，水位就降下来，我的船也降下来，我降到了地面上。那是洪水过后我们头一回触摸到了土地，我的心有些踏实了。

可我还是有些没命地寻找，我要找到阿依霞姆。村里的许多男人也都在找。是的，许多人都在找，都知道她没有回来。

　　我发现阿依霞姆的时候，已经是又一天的清晨了。那是在水面低阔的时候，我无家可归。寺庙已经毁坏，一切荡然无存。一座存在很久很久的庙不可思议地突然消失了。我坐在多浪河边看青草，看那些浩劫之后的河床。那些水也突然间少了，消失在地面以下。河道恢复成戈壁上经常见到的那样的赤裸的河床，金黄色的河床断流在这个夏天。多少年都这样，一直这样。即使在刚刚发生过一次洪水之后，河床很快就恢复了本来的面目。那些露出水面的花草兰盈盈地生长，又一轮的生殖开始了。

　　然后我听见了一声轻唤，那声轻得不能再轻的呼唤。我以为是幻觉，但那声音越来越真切，好像就在耳边，可除了那片裸露的河床和满目荒凉的村庄，除了几声孤单的鸟啼什么都没有。不，我真的听见了一声一声的低唤——我站起身，好像被那声音牵引，我一步一步走向前，走到还是潮润的河道里，往前走，继续，走向桥，那座破旧的石桥。

　　天啊——我看见了一个白色的影子，那是个活动的人影，是她——阿依霞姆——她正冲着我低唤着。

　　这真是个奇迹——在洪水通过的桥洞里她被绳子捆在桥柱上，她没有被冲走，她活了下来。她是幸运的，村里其他3对男女都没有找到。10天过去没有找到，村里人就沉默了。"他们一定到了天国，还好，他们走的时候是结伴去的。"老人们互相安慰着。

这座被毁坏的村庄必须修复，生活必须照常进行。昆虫们，那些土地里的动物们纷纷出来了。家家的牲畜好像憋足了劲不断地生殖着，家家的动物又开始多起来。这年，阿依霞姆生了一个男婴。

7

瓦蓝色的天空长满了白银一样的青草，那些干旱的地方很快就被绿色的植物占领。再远处无人烟的地方是戈壁。爆裂的阳光有些无情，那些数量可观的四脚蛇自由地在地面飞奔。这里没有多少动物能那么自如地生长，四脚蛇成了这里的"领导"。

多浪山上的痒痒树在那场暴雨和洪水中损折了很多，那些损折的树很快就枯干了。它们死去的方式很特别，枝干扭曲着，布满了白色的汁液，好像因为痛苦过度流下来。有些孩子说，那是因为洪水冲着它们使它们太痒痒，兴奋过度就死了。

但我更愿意相信另一种传说：这些痒痒树已经陪着山上的庙多年了，它们成了好朋友。现在庙没有了，这些树活着也没有意义了。

但也有人说，虽然大多数树死了，可还有一些树在呀。那些痒痒树你逗逗它，它一样会摇头摆尾的。游客们去了，果然有一些树还活着。

尽管这样，我是没有力量再建一座庙了。村里的人们暂时也没有能力再建一座庙。很长时间，人们都沉浸在痛苦中。

我要去找我的兄弟姐妹们，如果找不到他们我也将自食其力。既然洪水那么快地消失到了地面下，这个世界一定很大很大。我长大了。

离开时我经过阿依霞姆的家。

她一直认定孩子的父亲还活着，她说我出去闯世界一定要想办法找到他。她说："你一定要和他一起回来，一定要一起回来呀，我会一直等着他。"

（原文刊载于《当代小说》2008 年第 6 期，本文有删节）

房　子

　　房子对小林是那么重要。

　　小林是五年前从大学辞职的。小林现在这个报社不分配住房，不解决医疗费和养老保险。所以，小林最重要的是有一套在N市的房子。

　　有房子的单位很多，工资太低，暮气沉沉，一张报纸看一天。小林想，那还不如回学校教书呢！

　　但小林也不想再回学校。从学校出来再回学校，那不等于说五年的闯荡失败了？那不是给自己开了一个大玩笑？那不是又回到从前了？绝不回去。

　　小林就只好没房子。

　　但房子对小林很重要。

　　刚开始小林对房子的理解是那是属于自己的、能随心所欲布置的地方，可以不用隔三差五地搬家，可以根据房间大小订做几个书橱把自己那些书码个结结实实。有了房子就有稳定的感觉，有利于工作，有利于业余创作。他预感，早一点有了房子，就能早一点儿出成绩。房子等于作品，等于成绩。

　　小林要解决房子的问题。既然不想进一些有房子但工资低的机关，而那些有房子、待遇好的单位又进不去，小林就只好求助一条路了：找个有房子的太太。

　　好在小林年纪不大。小林为找一位有房子的太太从 20 岁出头就开始行动了。因为在此之前，他没考虑过结婚与房子的关系，或者说认为爱情与房子无关。在大学教书时，更是压根儿没想着结婚与房子的问题。等到从学校辞职出来时，他没想到从此就砸了自己的铁饭碗，拱手让了自己早晚可以分到房子的机会。22 岁到 23 岁两年光景，小林净寻觅理想中的工作了，最终找到当记者这一行：可以仗义直言，可以以最快的速度反映社会疾苦或幸福。小林在寻找理想职业时不像同龄的男同事那样爱慕漂亮女孩，他一再告诫自己先立业再成家，但这两年他没少向漂亮姑娘献殷勤，也没少动心思考虑关于爱情的问题。他一直告诫自己：要找就找一个纯洁、知书达礼、品貌俱佳的贤妻良母，否则就不找。

　　他找了几个，大多谈了不过半月。据他说，大都是他不同意，也就是他踹了她们。他对她们的评价是——俗。"动不动问工作单位效益怎样，工资多少，有没有房子，好像嫁人是嫁这些东西。这种女人不能要。太俗，太没有情趣了。"

　　小林一边找工作一边找真正的爱情。小林想：如果有个姑娘不在乎我有没有房子多好。23 岁头一回出现这个念头是因为他认为自己找到了理想中的那个对象，结果谈了半月对方不愿意了。小林说："当我告诉她我没房子时，她吃了一惊，嘴张得好大，脸色都变了。"

　　23 岁在爱情上受挫的小林想："有一个不计较这些的姑娘就好了。"小王来了，小王真心地爱上了小林。

　　据小林回忆："头一回见面，我就告诉她我没钱、没房子，工资很低，甚至户口不在当地。小王那姑娘只低着头笑笑说：
'我不在乎，只要你对我好。'"小林说这话时，像进入了往昔的
情绪，有些晕眩，眼里是闪闪的星光。

23 岁的小林没结婚，24 时小林就到了 N 市。小林和小王
散了。小林说他觉得那个城市没有他真正理想的职业。小林说：
"也许这个时代给我们这些人的机会太多，诱惑也太多，注定了
我们的内心有一个不安分的因子，注定了我要选择流浪的生活。"
他不能拖累小王。小林说："当我告诉她我不能不离开时，小王
说她理解我，这个城市留不住我。因为我的爱情没有真正开始。
多好的姑娘呀，现在这样的姑娘难找了。"

小林的确没有在 23 岁开始他的爱情。因为他发现小王除了
懂事以外不能做他的知己。"小王是高中生，她不懂我要去干什
么，想什么。找她就不如找个保姆了。找保姆还不容易？满大街
都有。"

进了报社，当上记者时，24 岁的小林想：真正的生活开始
了。他很热情、投入地干着这一行。

几年后，小林是老记者了，但他一直放不下那个关于房子的
心思。小林认为，有自己的房子和租房子完全是两码事。那是一
种心态。稳定的心态，家的感觉对一个正常人来说很重要。

小林迫切地想有一个自己的房子。他只好找对象，找有房子
的对象。同事们也都理解小林，给他介绍对象时就注意了这个条
件。所以，24 岁以后，小林的爱情和房子的关系相当密切，所有
和小林来见面的女孩都是有房子的。小林带着一丝忧郁说："没

一个合适的。""什么是合适呢？"小林说："能和你志同道合走一
辈子的那个人。""那你不再要求长相、文凭和温柔贤淑了？""那
样的人存在吗？"小林眼睛里满是迷茫。

　　小林 27 岁结了婚。新娘是他的同事。

　　房子对于小林仍然是悬而未决的大问题。

往　事

　　杜玮上小学时就与我同班。杜玮很可笑。

　　小学四年级的数学课上，数学老师是位很高雅的年轻女教师，她口才极好，但那天她有些抑制不住的愤懑。在离下课还有二十分钟的时候，她停下课大声说："这教室空气太臭，都是屁味。如果谁再放屁请主动出去放。"

　　她也许只是这么一说解解气而已，但所有的学生都努力屏住呼吸，生怕出什么意外让同桌发觉，用"小心翼翼"形容当时教室里的气氛最合适不过了。

　　正当数学老师继续讲课时，杜玮从座位上匆匆忙忙站起来并大步走出教室。他的表情严肃，像是要拉痢疾一般，同学们轰的大笑起来。

　　杜玮从外面进来后，大家都笑着看他，他好像茫然不知。讲台上的数学老师装出一本正经的样子，却禁不住也笑了起来，最后只好说："今天的课就上到这里。"

　　语文老师最爱提问，她最喜欢踊跃发言的人。所以，在她的课堂上，同学们的小手个个都很苗壮。一个问题已经回答完了，语文老师要求大家把手放下。杜玮八成是没听见，当大家都把手放下时，他的手仍旧高高地举着。老师有些奇怪，就又说了一遍：

"可以把手放下来了。"大家都嬉笑地转过头去看杜玮：傻瓜听不懂老师的话了。杜玮有些呼吸急促，脸上的表情告诉大家，他要坚持把手举下去，他可能有许多的问题要问。

杜玮在上大学一年级时认识了李小雯。李小雯是从新疆考到陕西师范大学的，那年李小雯上大学四年级，也就是说李小雯要比杜玮高三个年级。但这并不意味着李小雯年龄比杜玮大三岁，因为杜玮上学时已是十岁，所以，上大学一年级时他的年龄与上大四的李小雯同龄。

他们找到了共同语言——文学。

李小雯毕业后回新疆教书。两人约定，在北京见面。那意味着李小雯和杜玮都必须考研，意味着李小雯要等到杜玮毕业后才能结婚。杜玮毕业时，李小雯已在北京大学心理学系读了两年研究生，但杜玮大四考研却没有考入北京。他和李小雯眼见着就没缘了。

杜玮在N市的农业银行工作了。单位的热心人都给杜玮介绍对象，杜玮一一回绝。他坚信李小雯是他心里的唯一。

人们开始在私下里开玩笑，说杜玮癞蛤蟆想吃天鹅肉，人家姑娘研究生都毕业了，他什么都不是还想追别人，太悬了，太不实际了。

那年暑假，杜玮去了趟北京，像是要向人们宣示什么，他牵着李小雯来到了N市："她来N市找工作的。"

了不得了，N市一片哗然。一个小小的县级市哪里可以安放一个心理学硕士呢？

酷热的天气里，杜玮带着李小雯跑遍机关、企业，甚至一些乡镇，人们好像存心和这对恋人作对，没有一家单位愿意接受硕士。

李小雯对抱头伤心的杜玮说："只要你能坚信咱们的感情，只要你努力，我继续在北京等你。"

李小雯在北京继续上了博士。

杜玮开始考研。

一年未中。

又是一年，未中。

第三年，杜玮对自己说："如果再考不上，我就是去北京打工也不能让小雯等了。"

这一年，对杜玮是关键的。复习进行得还算顺利。杜玮几次考不中让先前对杜玮提高了警惕的领导们放了心："咱们这样一个工作环境是出不了硕士的。白天与金融业务打交道，晚上打扑克喝酒，他杜玮要学习也找不到场所。"

到十月研究生报名盖章时，领导不像前两年那样对杜玮百般刁难了，杜玮指哪儿他盖哪儿。

杜玮心里一阵窃喜，但脸上是一副落魄相。

也就在十月，杜玮远在陕南的父亲病故了。杜玮在营业室里点钞时听见同事小王隔着玻璃喊："小杜，你爸去世了……"

所有的人都抬起头看着小王，小王又重复了一遍。人们又扭过头去看杜玮。杜玮愣在那儿，大脑一片空白。

杜玮不能回家。考期已临近，他得全力以赴。他在给母亲的信里写道："请母亲原谅不孝的儿子。我一定要在今年考上……

我想父亲得知我考上研究生也会含笑九泉的。"

恍惚的杜玮去打开水，两个暖瓶全爆了，两条腿被烫伤。

杜玮去卫生所包扎了一下，涂了些烫伤膏。烫伤的面积太大，为了不弄脏被子，他在晚上睡觉时就用两块塑料布把腿裹起来。塑料布不透气，双腿发炎腐烂了，他彻底下不了床了——他住院了。

杜玮在医院里继续复习。

时间不多了，他不能在这个节骨眼垮下来。他也不能告诉小雯，他知道她现在很忙，况且告诉她只会徒添她的烦恼。他在病床上一再对自己说："坚强些，坚强些，一定能扛过去。"

他说："老天有眼，就应该看到我是多么努力地向前。如果我这次扛过去了，世上还有什么困难和打击能打垮我呢？"

他默默地接受了一切……

上考场时正是寒冷的二月，他挂着双拐在同事的搀扶下进了考场。窗外，等待他的同事含着热泪。

那年，杜玮考走了。那年，他从北京寄来大红的结婚请帖。那年，杜玮将家里的老母亲接到了北京。

从那年起，N市因为没有杜玮少了很多传闻和笑话。

秋天的感觉

丁飞自从 H 省的那所大学辞职以来，心头便有阴影老拂不去。刚开始，他在一家外企当秘书，外企从未要过他的档案和户口。后来丁飞跳槽进了一家报社，报社是自收自支的事业单位，需要档案，不然评职称都受影响，丁飞便有点苦恼了。尽管他在心里说：不管什么档案，当初出来时就没想过要什么档案，自己又不想当什么官。后来办公室主任催了他好几次："小丁，你的档案来了吗？不来你的工资都不好定。"问的次数多了，丁飞就没好气地说："想咋定就咋定吧，档案原单位不放，要一万元钱呢！"办公室主任就不说啥了。

日子一天一天地过着。报社员工的档案大都调过来了。同事对丁飞说："你就不会想想办法？到那边通通路子吧。"

丁飞就真的到原单位送了一圈礼。他那时明白了求人看脸色的尴尬。他送礼看着那些人的脸，恨不得赶紧离开，往往连送礼的原因都没讲就走人了。

丁飞回来就知道没戏，在学校时他从没讨好过谁。他想：别再使什么劲了，这档案无论如何是要不回来了。

丁飞在报社待了两年，两年中同事给他介绍了对象。女孩儿叫郝蕾，郝蕾一眼就看中了丁飞。丁飞告诉她，他的户口和档案都不在当地。郝蕾声音低低地说："只要你人好，我什么都不在乎。"

俩人感情很好，都要提结婚的事了。在此期间，郝蕾有几次半开玩笑地说："你的户口关系啥时过来呀？我爸老问，怕你结了婚又跑了。"

丁飞每听到这样的话就显得很不自然，他觉得自己有点可怜，一个没有档案、没有户口的人算个什么呀！

郝蕾的话虽然是半开玩笑的，但丁飞心头却掠过一道阴影，它像藏在阴暗中的猫很怕见光，丁飞开始犯愁了：是呀，我的档案和户口怎么办呢？

丁飞于是给他原来单位的领导写了信。丁飞头一回那么卑躬屈膝地在信中请求领导给予同情。信写得情真意切，丁飞觉得只要是有心肝的人都会动心。

果然，学校那边来函同意调档，但得交 4000 元钱辞职费。丁飞接到调档函以后又惊又喜又忧，惊喜的是毕竟学校可以放他了，忧的是刚工作几年工资又低，哪里去弄 4000 元钱？后来他和朋友们凑了凑，还是把 4000 元钱二话不说地寄出去了。

临近结婚时，郝蕾又问了他一次："你的档案寄过来了，户口呢？"

一种巨大的沮丧从丁飞心底流出。她又怎么能不在乎这些呢？她也怕被人说好好的姑娘怎么嫁了个没户口的！

丁飞后来再也没有去找郝蕾。郝蕾后来对人说，她始终不明白丁飞为啥要和她拉倒，她从来就不在乎丁飞有没有户口。

丁飞心里想：那是假的，她即使不在乎，我却越来越在乎。我算什么？一个没有户口的家伙结什么婚呢？

丁飞有些后悔交出那 4000 元钱，更后悔自己写了那么一封恭维信。一年后，丁飞考上了当时很火的工商管理专业硕士研究生。接到录取通知书时，丁飞恨不得把谁抱住啃几口。

丁飞忘了报社的领导怎么看待这件事。

在丁飞高兴地把喜讯传给同事时，领导们正在一间会议室集中议论这个问题。领导们在放不放丁飞这个问题上分成两派，多数人主张放人，因为人才是流动的，况且人往高处走。少数人认为，这是报社自己培养的人，绝不能外流，不能放，若要走人，交一万元损失费。

办公室主任把丁飞叫到一边传达了会议精神，并加上安慰的话语："其实，交一万元也不多，以后你硕士毕业出来工作很容易挣到的。现在，咱们小报面临整顿，广告也上不去，你也权当给报社做一点贡献吧。"

丁飞无语，他没想到事情会是这样。他知道在这事上又碰到了档案问题。他当初交了 4000 元才把档案调到了报社。

同事们说："你真傻，早知这儿不是你久留之地，干吗要把档案交给报社呢？"

学校来函要求报社寄档案过去，要政审，政审合格后，丁飞就可以上学了。

可报社不放人。

丁飞就去找领导。"当初报名时你们不是同意吗？"领导说："当初只是同意你去考，没有说让你去上。"丁飞因为档案问题没能去上研究生，丁飞又辞职了。他想这下好了，又成了彻头彻尾的流浪汉。丁飞后来和一个不计较他户口的女孩儿结婚时，他的户口和档案问题依然没有解决。

丁飞在离开报社五年后的一个午后，又接到了之前报考学校的硕士入学通知书。那边要他速去报到。丁飞有些茫然，已经过去五年了，这个录取通知书是怎么回事？

但他还是去了。

在学校的录取办公室，办公室主任笑着说："你的档案最近才到，我们翻阅了一下，你是五年前就被我校录取的，当时成绩是第一名，想想有些可惜，就准备破格让你入学，不知你还想上吗？"

当时丁飞不知道要说什么，他默默地走出了办公室，好些人都盯着他看。

丁飞在校园里站了好一阵，他长长地舒了一口气。

在秋天里，丁飞回机关上班了，读研究生的念头已被秋风吹得荡然无存，不久档案就由学校转到了机关。档案调转是件大事，为此丁飞请了客。

请客的时候丁飞又哭又笑的，朋友们都说丁飞喝醉了。

（原文刊载于《山东文学》1997年第9期，本文有删节）

小兔蓝波的故事

1

蓝波不是诗人蓝波，是小兔蓝波，小兔蓝波出身很离奇。它最早是在戈壁上被我爸爸发现的，那时候天气很热。新疆的7月出奇的酷热，那种热是可以把人身上的皮烤焦的热，呼吸都困难，因为新鲜空气似乎都已经被烤糊了。按道理，一般人这时候都很少出门，即使出门也要到大树下面或者葡萄树下乘凉，但我爸爸那天要出差，从小城阿克苏出发到另一个小城阿合奇去。爸爸是个水文勘探队员，哪里有河流哪里就有他的身影。他每月都会有一次要穿行在一望无际的大戈壁上，因为他要从阿克苏的家到阿合奇他工作的小站上去。这么说吧，他的单位在阿克苏，我们家也在阿克苏，但他工作的野外宿营地在阿合奇，在一条大河的边上。他住在那里就如同一个哨兵每天要守护着河流，天天给河流测量泥沙、流速等。这种枯燥的活天天都要干，目的只有一个：能够及时地向大众预测河流的汛情，以免受到大洪水的袭击。

那个夏天，酷热的夏天，爸爸按照惯例每月一次从家出发，满载着蔬菜和粮食的车要把他送回他住的小站，在那里待满一个月后，再被车接回来，然后休整一下，再带上足够的蔬菜和粮食到小站去。车载着他走在戈壁上，那被阳光烤熟了的沙子似乎都睁不开眼，不爱说话了。天气好的时候，看到他开着车经过，沙子、树木和蜥蜴都会冲他笑的，因为长时间的相处，他们早就是很好的朋友了。可7月不同，7月太热、太干旱了，所有的动物们都需要休息，需要水分，而戈壁上最缺的是水。被阳光照射的白惨惨的沙砾让整个午后都令人窒息。父亲好几次想停下车来，太累了，眼睛被太阳光刺得直冒金星。但不能啊，必须要穿过这片戈壁找个有人家的地方休整，否则就会困在这里了。他紧踩油门飞似的穿行，耳边的风也是干燥无力的，没有任何凉爽。就是在这时候，父亲朦胧的视线中有一只兔子跳跃在道路前方。眼看着车就要冲过去了，那兔子被吓呆了，它根本就没动，扭着头惊惧地盯着庞然大物向它扑来。

父亲也有些手忙脚乱，在这样一个干旱的燥热的午后，怎么会有一只兔子出现？而且它就在道路中间。父亲刹车已经来不及了，急打方向盘，但还是感觉从兔子身上压了过去。停车，他跳下去，他奇迹般地看见有着碧蓝色眼睛的小兔蓝波呆呆傻傻地蹲在大道中间，保持着不变的神情和姿态，几乎僵硬了。原来汽车的底盘高，正好从小兔头顶掠过，小兔蓝波毫发无伤。

父亲过去揪起小兔蓝波的两只大耳朵，它这才蹬了几下腿，证明还活着。它用可怜的无辜的眼神望着父亲，意思是："你是谁？你从哪里来？为什么要揪我的耳朵？"

父亲马上就被它的眼神吸引了："你好，我是老马，你愿意跟我到河边吗？那里有水有草。"

父亲看小兔迷茫的样子，就说："我看我还是把你带走吧，你一定会喜欢上那个地方的。"

2

父亲的小站就在依麻木河的旁边，一个独立的小院落。和父亲在一起工作的还有一位刚分来工作的年轻哥哥。他似乎对父亲的回来很兴奋，因为这样他就可以回城里住几天了。父亲把小兔蓝波带进自己的房间，在房间里，温度稍微凉爽一些，加上旁边有树木和河流，焦烤的感觉没有了，好舒服。

父亲给蓝波喂水，给它送上新鲜的萝卜叶子，它刚开始有点害怕，不敢到跟前去。父亲就把东西放在那里，过一会儿，蓝波就从床下面蹑手蹑脚地出来，大口吃起来。"多好的东西啊，夏天到哪里找这么美味的食物啊。"它边吃边想，边吃边喝水，心里既恐惧又幸福。

恐惧的是它不认识带它来的人，幸福的是它能在这里吃到梦里才能见到的好东西。等父亲的脚步一走近，蓝波本能地又跑了。父亲也不管它，就给它再扔几棵蔬菜。等父亲下次来的时候，那些东西都被吃得干干净净了。

父亲大多数时候是一个人，他有一个口琴，是花了好几块钱买的。他经常会对着口琴吹一些优美的曲子，这样蓝波就会探出头来听，听着听着它就走过来蹲在父亲脚前了。音乐是个好东西，它消除了敌意和恐惧。蓝波喜欢上了这个爱吹口琴的男人。

它觉得他很神奇，很神秘，它想了解他。

父亲问它："你家在哪里？你还记得吗？你那天是从家里跑出来的吗？"

蓝波眨着眼睛，它想说："我也不记得我家在哪里了。反正我爸爸妈妈都住在戈壁的一个小石头洞里，天太热了，好几天没东西吃了。那天我是太饿想出来找东西吃，就被你带到这里来了。"

父亲问："你还想回家吗？"

蓝波眨着眼睛好像听懂了父亲的话："我回不去了，我的爸爸妈妈前几天就被猎人打死了，我没有家了。"

父亲把它抱在怀里，他看到一行眼泪从小兔蓝波的眼角流了下来。

小兔蓝波的长相和家兔有区别，它的毛色刚开始是泛黄的，这是野兔的明显标志。因为经常要经受风吹雨打，它的四肢就特别粗壮。在父亲的精心照顾下，蓝波的毛色开始改变，先是那些黄色的毛开始脱落，它的毛开始变得柔软而且雪白，过去有些坚硬的黄毛都落尽后，父亲发现小兔蓝波是一个标准的"美男子"。在此声明，小兔蓝波是只公兔子，父亲认为这是他见过的最漂亮的公兔子了。他决定给蓝波好好打扮一下。

为了防止蓝波走丢，父亲给它脖子上套了一个铜圈子，然后拴上一根长长的金色的绳子。这样，父亲到哪里，都可以牵着蓝波。绳子松软，蓝波感觉很舒服，这样它也有安全感，因为它现在有了家，有了一个主人叫老马。

3

蓝波和我是在那年暑假见面的。因为爸爸常年在野外工作，妈妈怕他太寂寞了，每次到假期就派我去他那里和他生活在一起。其实一到假期我最渴望去那里了。去年寒假我和父亲学会了怎样钓鱼，这个假期父亲早就捎了信来，说给我找了一个小伙伴——小兔子蓝波，所以我还没考完试就想着早点放假去看它了。终于有车要到小站去，我被塞进了驾驶室，司机是一位严肃的大胡子叔叔。他一路上表情严肃，把车开得飞快。我对一望无际的戈壁没多少兴趣，我望着窗外一路小跑的石头、杂草，那些倒而不僵的胡杨总让我停下目光，它们躺了一路，听说那些树木根本死不了，它们就躺在那里，有水天天在体内流。它们每一棵体内都有一条小河在流。

在车上我就设想着和蓝波见面的场景。我一叫它它立刻就会站起来，用它的两只手拥抱我，会让我抚摸它的长耳朵。真的就到了小站，在漫长的路上，终于有了人家。在这个小院子前，车停下来按喇叭，很快，爸爸就出现在大门口。他出现的时候和很多次在我梦里出现的时候一样，高大、健壮，而且他有魔法，他会很快让我感到这里鸟语花香，让我很快就喜欢上这个地方。其实我每次来的路上都很害怕，因为太荒凉了，只有动物在跑，没见几个人。而到了这里，一看到爸爸，我就觉得喜欢这里。

在长满桃树和梨树的院落里，在青草满园的院落里，我闻见了蓝波的气息，它一定就在青草丛中。而此刻，那些西瓜就在青草丛中成熟，它们三五成群地滚落在青草地上。我最喜欢这样的感觉了，在草中搜索，一探手就摸着一个西瓜，好像它们一直在等我。

我等着蓝波来到我身边。

就在我摸着一个大西瓜的时候，我也摸到了毛绒绒的蓝波，它那时正趴在西瓜旁边眯着眼睡觉呢。对于我的到来，它显然没有防备，也许它知道它的小主人来了，所以假装睡着了，这也有可能。日后它的聪明足以证明这次的行为。

我抱住了它，它没有挣扎就安静地让我抱着。蓝色的眼睛，长长的洁白的大耳朵，这是我看到的最独特的兔子：它有着蓝色的眼睛。

它甚至没有别的兔子都有的胡子，它有一张笑脸，这顿时就让我和它拉近了距离。

我说："蓝波，以后你就是我的了，晚上你可以和我睡觉啊。"

爸爸说："那可不行，它会把屎拉在你床上的。"

蓝波眨巴着眼睛不说话。

兔子如果有一天能说话就好了。

兔子，兔子，我希望你是只会说话的兔子。

4

蓝波很快就和我成了好朋友。爸爸放心地把它交给了我。我带它到外面的野地里玩耍，到菜园子里躲猫猫。不过有一天，我差点丢了这个朋友。我说的丢是永远的失去。那天，我抱着蓝波到院子里玩，不知道从哪里蹿出一条狗。那狗冲着我大叫，我很害怕，一哆嗦就把手里的蓝波丢了，蓝波吓得一下子蹿进了草丛中。那狗冲着草丛叫，我吓得大哭起来，幸亏爸爸听见，冲那狗喊了几声，那狗才灰溜溜地跑了。爸爸告诉我，那狗叫库巴，是邻近村子里热拉罕大婶家的，那家里有一对双胞胎狗，这一只是弟弟，还有一只姐姐呢。我听了就不害怕了，反而想到那家里去看看双胞胎狗长什么样子。其实我特别希望有一天能再找一只和蓝波一模一样的兔子，这样蓝波就不孤单了。

蓝波被狗吓了一次后，胆子就格外小，即使我抱着它出去，它都好像很害怕，用央求的眼光在说："小主人，我们能在房子里吗？我害怕外人。"

我就对它说："别害怕，有我呢。"

蓝波就用不信任的眼光看着我。

我知道我必须快点长大才能保护它。

我很快就见到库巴了。它的姐姐叫露娜，真的是一对一模一样的小狗。那次爸爸带我进邻村老乡的果园吃杏子，满院子的杏子啊，大青杏子，看上去青吃起来脆而且酸甜。爸爸咬一口就捂住嘴说："太酸了，牙要酸掉。"我却很喜欢吃。我吃一口就放到兔子蓝波的嘴边，但它好像对杏子一点也不感兴趣，它最喜欢胡萝卜和蔬菜了。除了大青杏子，还有大金杏，就是那种金黄色的软软甜甜的杏子。杏树不高，很容易爬上去，我就让爸爸把我抱上去，在树杈上坐着，伸手就能够着杏子，太好了。

老乡们说了，我们在院子里尽管吃，只是不能带出院子，如果要带出院子就要交钱。我和爸爸就躺在树上敞开肚子吃。

中午的时候，阳光很毒，照到脸上会有细细的针刺的感觉。这种时候夏天的刺痛和西部冬天风雪刮在脸上是一种感觉。那时候人们一定想找个阴凉地方躲起来。我们躺在树上，凉风习习吹过，有杏子落在地上的声音。

后来热拉罕大婶来找我们了，她要我们到她家吃手抓饭。大婶一看到我怀里的蓝波就高兴地叫起来："好漂亮的兔子啊！"接着伸手就抱过去了。

大婶说："我来抱着它，不然我们家的那两条狗会欺负它。"

在大婶家的院子里，两条一模一样的黄色狗库巴和露娜冲我们跑来，它们甚至都没有叫，只是摇尾巴，它们告诉我们："啊，是你啊，原来你是我们主人的客人，欢迎你的到来。"

它们两个围着我的脚献着殷勤，不住地用鼻子嗅着我。

它们又怎么能想到，正是因为我的到来，它们姐弟俩从此要分开了。

5

库巴和露娜亲热地围着我，我马上就不害怕他们了。热拉罕大婶让我们上了土炕，立刻给我们端来一盆清水。她的丈夫是一个更加热情的人，抱着一个冬不拉，见我们来了，立刻就直起身子，邀请我们坐到身边。他家有两个儿子和一个女儿，老大是儿子，女儿老二，小儿子还很小，比我还小呢。他们三个孩子都在另一个房间吃饭，不上炕，我、父亲、阿拉罕大婶，还有她的丈夫一起吃。那天吃的是手抓饭。手抓饭是把羊肉和米放在一起煮，一直煮到羊肉味完全渗到米粒里，好香啊。那种香气透着难以抵挡的诱惑，像你熟睡时，一根青草逗弄你，痒而享受。我们那时候几乎一年只有过春节的时候才能有顿肉吃，所以闻到肉香我几乎要飞起来，轻飘飘的，想马上站起来，却又不好意思，但眼睛早就背叛了我，直勾勾的。米粒让口水发出了很大的声响。

"看把孩子馋的。"大婶立刻就把一大碗肉推到了我跟前。

我看看父亲，他没有反对，就大声说了句"谢谢阿姨"，然后狂吃起来。

这时候我已经忘记蓝波在哪里了。

炕头边上是走来走去的库巴和露娜，它们用渴望的眼神看着我。我每吃完一块肉就把骨头扔给它们，它们欢跳着摇着尾巴。我能听懂它们说的话："你真好，我们喜欢你，谢谢你。"当我吃饱了，就跑下了炕，我能听见隔壁房间里大婶的三个孩子的欢笑声。他们显然已经吃完了，正在拨弄着各种乐器。大儿子牙生弹的是热瓦，小儿子土荪拿着个手鼓，他们弹起热情的旋律，小姐姐阿拉木汗跳起了新疆舞蹈。裙子旋转起来，一圈两圈三圈，她没完没了地笑着转着，一点也不晕。我跑过去，学她转圈，转了几圈就晕了。大家对着我哈哈笑。

我弄不懂，为什么阿拉木汗转圈就不晕呢？

我注意到，在他们家的墙壁上到处挂着精美的挂毯，那些挂毯编织得很精美，很值钱的。我知道那些挂毯需要花很多钱才能买来，而且制造起来很麻烦，因为我妈妈就在家里织挂毯。

你们知道怎么织挂毯吗？

肯定不知道吧。告诉你们吧，我来父亲这里之前就会织挂毯了。因为爸爸不在家的日子，妈妈一个人照顾我们的学习和生活，她的收入来源就靠织挂毯。那挂毯一般要织一年，也就是说妈妈要织一年挂毯才能卖出钱来，而大婶家里却有那么多挂毯，妈妈要织多少年啊！

我一下子有点想妈妈了。

"我要回家。"我走到爸爸跟前。

爸爸提出要走了，对大婶一家表示感谢。

大婶他们也不挽留，只是临走时，我发现爸爸手上多了一条铁链，铁链的一头牵着露娜。

"好不好啊，大婶看你一个人太孤单了，要给你个小伙伴。你喜欢吗？"爸爸问我了。

我有点不敢相信。

"对，孩子，给你的，以后露娜就归你了。"

我一下子就扑进了大婶怀里。

"妈妈——"

爸爸说："这孩子乐傻了！"

6

露娜成了我的伙伴，小兔蓝波也有了朋友。我很天真地认为我和它们都是朋友，它们也应该成为朋友。

爸爸提醒我："不要让它们两个单独在一起，否则小兔蓝波会吃亏的。"

我问："这是为什么么呢？"

爸爸说："它们不是同类啊。这就像你和一只老虎关在一起生活，你愿意吗？"

我摇摇头，想想就挺可怕的。

"但露娜不是老虎，她是一只漂亮的小母狗啊！"

爸爸说："狗不会对兔子好的。你一定要留意，而且一定要注意蓝波的安全。"

我答应下来。

爸爸有时候加班出去，就让我一个人待在房子里。这时候蓝波一般就在屋子里蹦蹦跳跳地找菜叶子吃，而露娜则温柔地趴在门口，眼睛望着外面，一切都那么安静。

中午很快就到了。

我在温暖的阳光下睡熟了。

在梦里，我牵着蓝波和露娜到大森林里散步，它们两个互相拥抱，互相调笑，可好了。突然一条黑狗冲出来，猛一下子，咬住了我的手，我大声叫，那狗也叫，声音好大。

我醒了，惊出一身冷汗。

坐起身来，中午静悄悄的，似乎什么也没有发生。

但我突然发现房间很杂乱。

菜叶子满地都是，露娜正虎视眈眈地盯着床底下，并试图钻进去。

糟了，蓝波！

我跳下来。

我趴下朝床底下看，看到蓝波正哆嗦着躲在床角，一动不动。我小声说："蓝波蓝波。"它朝我看看，迅速地跳进我怀里。

我能感到它浑身在颤抖，它显然是被吓到了。

"是不是你想吃蓝波？"

露娜不说话，但它仍旧表现出凶狠的样子。

我冲露娜走过去，狠狠地踢了它一脚。

露娜哀嚎了一声，安静地趴到一边去了，眼睛里满是委屈。

"幸亏我醒了，否则你就把蓝波吃了。真是个坏东西！"

我这样说露娜的时候，蓝波似乎听懂了，它小声地叫着，似乎在解释。我想它是被吓坏了。

我想以后还真要看好它，否则露娜真能欺负它。

但很快我就后悔了，我其实冤枉了露娜。

7

当那条经常游走在田野中的大黑狗再次出现在我家时，当我看到露娜勇敢地冲上去和它撕咬在一起时，当我看到小兔蓝波再次恐惧地躲到床底下时，我似乎明白了什么。

我听懂了大黑狗在说："露娜你让开，那兔子不吃白不吃，你别帮助外人。"

露娜在说："走开，你个强盗。我上次警告你了，它是我朋友，你再敢欺负它，我就不饶你。"

小兔蓝波也在说:"打死它,打死它。"

我出来时,大黑狗明显吓了一跳,它向后倒退着跑了。

露娜追出去,冲着它叫了几声。

突然,大黑狗痛苦地叫了一声,接着是几条狗争斗的声音。一条健壮的黄色大狗扑倒了大黑狗,并咬住了大黑狗的肩头。

"姐姐!""库巴!"

我们都跑过去。

一段时间不见,库巴已经长成一条大狗了,健壮的大狗。

原来它听见了露娜的呼唤跑来帮忙。

小兔蓝波从床下跑出来,蹦蹦跳跳地到了露娜的脚下。那时候,我看到了幸福的一幅图画:善良的露娜和小小的蓝波。

茶是怎么凉的

很多人说茶是地道的中国东西，茶文化在中国有很久远的历史。在王阿三那里，茶就是夜间写作时提神的一剂药，就是一个人无所事事时嘴里的一样食物，不然就会无聊。所以，别人给他再好的茶，其功能都等于"提神"。

王阿三现在一所高校教书，他这学期给学生们上的课是写作。这天一早，王阿三在到学校的路上就设计好了一篇文章的题目：茶。他想让学生们当堂完成这篇文章。在写作的要求方面，王阿三说："你们可以使用任何文体，一定要有自己的想法，不要人云亦云。记住，你们是当代的青年，创新是一切。我希望能看到不拘一格的文章。"

学生们都开始作苦思冥想状，这让王阿三有些得意，那得意就像平白地在马路上捡到了钱。提到钱，王阿三是比较头疼的。自从从报社辞职以后，王阿三好像整天欠着钱：一会儿要交学费，因为王阿三上了在职的硕士；一会儿要交论文答辩费；一会儿要交保险费，等等。王阿三那时候可是辞职在家的人，一分钱的来源也没有了。别人会说："你王阿三不是想当作家吗？你的稿费肯定很多。现在自由撰稿人哪一个一个月不是一万以上的数？"王阿三想辩白几句，话到嘴边又忍住了。谁叫他辞职呢？辞职的人都是能赚大钱的人，不然他王阿三敢这么做吗？

　　王阿三辞职的目的只是为了重新回到学校学习。工作了 10 年，想回到学校的强烈愿望从三年前就像女人的月经一样，经常搅扰着他。所以，他就辞职开始了漫长的求学之路。这三年他本打算专心当一回学生，他老婆也是这么支持他的，但当面临用钱问题的时候，王阿三觉着自己不能坐吃山空，于是就到了这所大学。

　　学生们冥思苦想后开始在纸上写了。

　　王阿三再次重申了一下自己的要求，其实这要求是他一厢情愿的设想："你们一定要拿出你们的智慧和才能努力创造，尽可能地突破常规。"学生们在他这么说的时候都抬起头来看他，希望从他的脸上找到不同凡响之处。他其实对怎么创新这篇文章心里也没有数，当他用同样的眼光试图发现一些什么时，迷茫碰见了迷茫，好像两个黑暗中摸索的人面对面碰到了一起。停顿半晌，王阿三觉着自己在这个时候需要说些什么："我觉着你们应该打开思维，比如把茶比作友谊，那么能不能从茶里顿悟一些什么？比如把茶比作人心，那么你能看到什么？比如茶是你的理想，那你能想到什么？"王阿三凭借着自己多年训练有素的思维，对学生进行启发。学生们从他的眼光里好像已经得到了什么，他们又低下头去。他们的头低下去了，像给那些千呼万唤的文字以凭吊，似乎那样就能因为虔诚而与那些赴了黄泉的优美文字相遇。这些年的学生都是这样，说的比写的好，一个比一个见识广。如何谈恋爱，如何求职，如何考大学、找工作，某明星是如何成名的，怎样让别人捧红自己，等等，现代媒体已经成了他们真正的教科书，他们将那些街摊小报上的各种新闻转化成了海阔天空的口才。

"关键是你敢不敢去想",这是王阿三原来所在小报的总编经常在会议上说的话,他的意思是让大家发挥主观能动性,挖掘潜力拉广告。"许多的记者、编辑有畏难情绪这是不好的,拉广告没有什么不光彩的。谁拉的广告多说明他的社交能力强,他的个人魅力大。"王阿三觉着总编在讲谈恋爱的经验,好像拉广告就是找对象。

手边的茶是刚刚泡好的临沂新茶,虽然是山里普通的茶叶,但茶香极浓,而且特别能提神,价格也不贵,适合没钱又睡不着觉的人。通常的情况下,王阿三一天要泡两壶这样的茶,从早上喝到晚上。而王阿三在辞职前是从来不喝茶的。如同一个不抽烟的人突然染上了烟瘾,那一定是碰上了愁心的事情。王阿三喝茶的瘾不知不觉就有了——辞职前没有发现有钱的好,也从来没有碰见在钱面前捉襟见肘的事,后来就发现自己没有了钱。好在有媳妇供给着,好在有一个愿望在前面做着诱人的馅饼:苦就苦几年,等上学回来一切就又有了。但真正让王阿三有了茶瘾的是那么几件事。

王阿三看着茶想起了几件事情,感到文章有了写头,"人走茶凉"这几个字开始出现在他的脑海里,像反复迸涌的浪花,敲打着自己。对,就是"人走茶凉"。这是现代戏曲中那个叫"祥林嫂"的人一遍一遍传唱的戏词,也让这个城市大街小巷的男女老少传唱着。王阿三面对着自己出的题目有些想入非非了。他想起自己三年前还是一家著名晚报的副刊编辑,那时候几乎不管是

有名还是无名的作者，都想在他的版面上投稿。王阿三的资历是
没有办法当文坛霸主的，只不过凑巧这个城市唯一一张报纸的副
刊版面归了他，也就无形中有了一些威望。在当时文学处于低迷
状态的情况下，王阿三负责的这版副刊无疑成了众多仍然垂钓在
文学江边的痴男怨女们屈指可数的可自我表达的场所。作家们纷
纷抢滩王阿三的副刊版面时，无形中让王阿三的名字旗帜一样在
他们中间迎风飘扬。王阿三有些飘飘然了。无论大小会议只要与
文学有关，王阿三就以著名编辑的身份受到邀请，对着那些大眼
小眼发言，表明一个文学工作者的立场，让作家们愈发感到自己
的和蔼可亲。那时大大小小的眼睛几乎是虔诚地看着主席台上紧
挨文联主席就座的王阿三，像发情期的动物，直到一方主动地将
眼光转向一边好像才能避免一场激情的狂欢。那时还在《现代文
学》做编辑的阿东给他添茶，然后在他的耳边说了一句话："你
好火呀！"这话在当时的具体语境中，加上阿东随后诡秘的一笑
就有了别样的味道。阿东的话后来在酒席上证明是恰如其分的点
评：那时候王阿三正被那一双双崇拜的眼神击伤，如同一条条跑
道，王阿三不知道自己这架豪华飞机到底该降落在哪里。

那时阿东还顺便给他送上了自己的一组诗歌，并且轻声说：
"您的那组诗歌写得实在是太好了，我已经把它编在下一期了。"
王阿三明白，阿东说这话的意思实际上是：我的这组诗歌就看你
什么时候发了。这一点都不过分。中国人的"礼尚往来"充分地
从一点一滴的小事上显现。

王阿三深谙此道。回去后他就从阿东的那一沓诗歌里挑了两
首发了。见报的当天，阿东就打来了电话对王阿三的帮助表示了

感谢。"许多朋友都看到您给我编的诗歌了，他们都说您的水平高，给我编得好。"此话恨不能说那诗歌就是王阿三亲自代他写的。王阿三听着那话心里顿时对阿东有些轻视。明明是他自己的作品怎么说是编辑的功劳呢？这不就像找了一个漂亮媳妇还要违心地说托众人的福，托众人的慧眼？王阿三托着听筒听着那边阿东的讲演，"对了，您的那组诗歌已经通过终审，下一期就要发出来了，您就静候佳音吧。""以后请多给我们投稿。"阿东好像专等他说这句话，第二天就真的又寄来了他的作品。这样，在王阿三的来稿筐中，阿东的诗歌就占了很大一部分，把来稿筐撑得高高的，好像暴发户的钱包，又好像娱乐市场经纪人的笑脸。王阿三将阿东许多根本不能用的诗歌准确地投进垃圾桶，然后硬着头皮从尚可的残留作品里找到一些可以通过修正发表的东西。为了防止自己再受到热情的袭击，他硬是一天没有接电话，也为了不让自己轻易再向对方发出帖子，毕竟要考虑版面的用稿质量。

不接电话的王阿三依然很忙，因为一些作者直接不约自来。他们来时通常背着一种黑色的背包。王阿三很害怕大多数人像《泉城文学》的诗歌编辑远东那样，一转身从黑色背包里拿出一厚沓稿纸，上面都是远东的书法，一张纸上通常不超过5行诗，让人怀疑远东家是开造纸厂的。

王阿三想绝不能再礼尚往来了，不能让这些人的诗歌脏了自己的文学版面。王阿三想：如果他们来电话了，我就一副大智若愚的样子说已经编好了，等着总编审呢。再等几天，他们又来电话了，我就说总编没有通过，我也没有办法。预想到自己接电话现编现演的样子，王阿三竟然高兴地哼唱起歌来。"反正他们已经编了我的作品了，总编已经审了。况且我的作品本身就好，不是靠人情上去的，不然也不会在《诗刊》这样的大刊物上发表。他们用了是他们有眼光，不用是他们没有眼光。"王阿三想：人心如果像最后那种情况那可就是最坏的了，应该是心肺都已经腐烂了的，像夏天里买了放在家里忘了吃的茄子，臭味只有堵塞的马桶可以媲美。

然后王阿三辞职了。王阿三辞职是在三年前的夏天，那时候他的副刊红红火火，他却突然辞职了。辞职在当时是一种很时尚的事情，一个普通人辞职就像去澡堂，洗了一会儿出来了，下一次洗澡可以找另一家；也有些像少年的恋爱，谈了几个月还没有感觉就可以换。王阿三走在辞职的大道上，开始了求学之路。

王阿三辞职报社是保密的，领导只是说他请假回家了，他也没有告诉朋友们。所以，这就出现了另外一幕。好朋友大发的长篇小说座谈会召开，出于对大发的支持，还在刻苦攻读的王阿三特意从家里到了久违的讨论会上。不明真相的人们还是照例让王阿三坐在重要的位置上，但王阿三自己死活要坐在一个不被人看到的角落。嘉宾来自五湖四海，当然少不了各杂志社的文学编辑。阿东和远东是重点嘉宾，他们坐在他们应该坐的位置上，然后他们看见了王阿三。那时候，他们两个几乎是不约而同地赶过来和王阿三握手，如同失散多年的战友，这样的握手让王阿三感到了一些长久以来不能忘怀的温暖，他感到自己的手在发抖，内心的感动如洪水在澎湃，以至他在听到两位编辑说他的诗歌已经进印刷厂不久就出刊时，就更加难以抑制内心的不安和激动。他告诉他们："我已经不在报社干了，现在辞职在家上研究生。"

　　空气忽然有些凝重起来。前排的人转过身来往这边看，他们冲着王阿三的方向点点头，然后坐回自己的位置。两位编辑好像突然之间也没有什么话对王阿三讲了，一如音乐会刚刚开始却发现麦克风出了问题那样，大家颇有些没有预料的尴尬，不知道是该谢场还是继续演奏。这时亏得文学爱好者、笔名叫修女的一位女诗人出现，她也是经常到办公室给王阿三投稿的狂热的文学迷，被大家暗地里称作"文学疯子"。她不知道从哪里早知道了王阿三的辞职，一如既往地几乎是扑了过来，热情的双手紧紧地搂住了王阿三并不大的瘦手，连说："难得难得，在那么一个众人羡慕的位置上下来，只为了求学。"她的神情由于激动和热情有些变形。那样的演出效果实在不能令人满意，但她创造的轰动效果却是一流。满座的人都发现了王阿三，这些都是过去的老朋友，害得王阿三不停地冲他们微笑、点头，好像在做最后的诀别。此时的王阿三满怀歉意，感到自己真不该在这样的场合出现，如同一个宣布退出江湖的高手不期然地重现，那叫坏了江湖规矩。

　　然后王阿三曾经设想的最坏的结局出现了。三年来，王阿三经常到省图书馆翻看最新的《现代文学》和《泉城文学》，但他始终没有看见他的那组诗歌的尊容。王阿三想：那作品已经发过了，可能没有看到杂志而已。但他确实是翻遍了那一年甚至两年的杂志也没有看到。那次，几个过去的朋友到家里吃饭，吃完后喝茶，王阿三看到茶就想起了那个成语"人走茶凉"，就想到了自己的那几组诗。他讲给朋友们听，他想听听朋友们会作出何种判断。他希望他们说："你不用放到心上，他们可能正好碰上出专辑就撤了你的稿。可能总编不想发诗歌了，就撤了，如同你过去编的文学版面因为你走了就撤了一样。一个单位有一个单位的特殊情况。不必放在心上。"

朋友们品着茶，听着王阿三的往事，不动声色，然后不约而同地说："这就叫人走茶凉。"朋友说完就叫唤着打麻将。王阿三感觉一股冷气从脚根直奔头顶，浑身在那一刻凉透了。那时候，他嘴里嗫嚅了几下，但没有发出什么确切的声音，让心底里最后的一点火焰作熄灭的漪涟。

王阿三怔怔地盯着自己的茶想着。课堂上的学生们奋笔疾书，他们要写出让老师满意的作品。王阿三想起他应该喝口茶了，那时候茶已经凉了。王阿三起身准备把凉茶倒了，看着杯子里挤成一簇的绿叶，他想起很久以前朋友讲的一个笑话：茶叶刚传到美国的时候，美国人把整磅的茶叶倒进锅里煮，然后把茶水倒掉，留下那些绿色的叶子就着胡椒和盐吃。王阿三心里想：美国人如果继续这个吃法，估计永远不会喝到凉茶。

如果一切可以重来

如果有来生，我希望一切都重新来过……

——题记

1

华新和明珠恋爱七年了，婚前明珠不许华新碰她，这让华新七年的恋爱充满了欲望的冲动和绝望。明珠住在城东，华新住在城西，城西的人家都是有身份的人，家庭比较富裕，而城东的人家都被认为是生活比较困难的，而事实也就如此。

明珠和她母亲住在一起，她的父亲已经失踪三年了，母亲认为他已经死了，事实上母亲和明珠在他失踪后从来没有找过他。按照明珠的话就是那种人不配做父亲，他死了比活着好。而亲人间的仇恨能够这样，一定有着巨大的不可告人的隐秘。

七年来，华新和明珠越来越相爱了，这让他们的同事都感到不可思议。在他们看来，婚姻就是爱情的坟墓，谈了七年再不结婚就到了分手的时候，而华新和明珠不以为然。同事们笑话华新没有征服明珠，让女人操纵着的男人最可怜。

在他们看来，一个男人无论如何是该让女人来求自己结婚的，而不是让男人提出请求。如果是那样，只能证明男人的无能。"你一定要拿出你魔鬼的一面，一定要先征服她。"

听到这话的时候明珠和华新瞪大了眼睛。华新说："可我觉着还是爱情第一位，我们是为了爱情才走到一起的。"这是华新在无人的时候对着明珠的耳朵说的话，那种能让所有的女人晕眩的话，让旁人用老眼光看则带着典型的甜言蜜语和花花公子性质。

这天华新依然按照约定到了光明电影院，他们要看的电影叫什么两人谁也不知道，反正他们约会总是看电影，碰上什么看什么。有时候看着无聊就提前退场，到外面的马路上溜达。那时门口售票的中年女人总会很和气地说："有事出去呀？时间不长的话，等会儿回来接着看下一场也行。"那言语中颇有道歉的味道，让这两个孩子突然感到被人关心的温暖。两人就笑着说："我们今天有事情，改日再来看，谢谢你了。"

那女人也就不说什么，冲他们点点头。

她明白影片的内容实在不怎么样，顾客这是在给她一个台阶下呢。其实大多数来看电影的都是年轻人，他们看的大都是武侠片和警匪片，有的人整夜整夜地看。这样想想，这个中年女人心里有又些释然，毕竟有许多人还是挺喜欢她承包的这个影院的，能够吸引这样的一批观众也是不易的。刚才还在忧愁地看着两个年轻人走，现在她自己倒像突然顿悟一般，挺直了腰杆等着远远走来的另一位观众。

2

明珠那天的神情很抑郁，她叹了口气说："我多想快点结婚呀——可我又有点怕。"

"为什么呢？你怕什么呢？"华新摸着她的耳朵，很温柔的样子。

"我怕结婚以后你会变。我妈妈说当年我父亲对她很好呢，结婚以后就越来越不像人了。你会变吗？"

女人总是要一遍一遍地问这类话，生怕一天不这样问男人们就会放松了对爱情的誓言，就会愚蠢地办傻事。而这样的问话最后落实到男人的回答就成了例行公事。有经验的男人们会一个哈哈就算做了回答，根本不放在心上。而因为听的次数多了，对女人的行为不是非常理解的男人们免不了会"愚蠢"地进行反驳，或者表现出厌烦情绪。他们不知道，如果他答应一下，女人可能就会对他万般感激，万般柔情，这比给她送再多的生日礼物都管用。但如果他不能回答或者厌烦回答，这个男人就要倒大霉了，他的表现会因为一时的情绪让他不得不在事后不停地给女人赔礼道歉，而只等着一句甜言蜜语的女人在没有及时得到回应后给予男人的惩罚就是闭口不再理男人，或者摆脸色给男人看。

"又来演习了，我会的——会爱你的。"

华新看着明珠听到他的回答脸上瞬间的表情变化哈哈笑起

来。她马上反应过来华新是在故意逗她，气得用拳头捶华新的胸脯，捶得华新直向她讨饶她才罢手，然后转过身去故意不理睬华新了。华新拉过她的手放在嘴边吻一下："公主呀，牧羊人给您请安了。"

"请安不对，是道歉。"

"对，实在抱歉，牧羊人给您道歉了。"

明珠转过身破涕为笑。男女之间的欢爱恰恰是从这样的打情骂俏里诞生然后滋长。那种欢娱日积月累就演化成一种叫记忆的东西，加入生活的调料后就成了所谓的青春期的浪漫岁月。许多人都这样，人人都这样，华新和明珠也这样。

3

"我父亲的那些脏事又来了。他 18 年前在外面找过一个女人，那女人给他生了一个儿子。现在那个女人的丈夫死了，女人没法养活儿子就找到我们家来了。你想我父亲又不在，她找到我们也是白搭，但是母亲听了那女人和父亲的事情后气得直发抖，这几天头疼病又犯了。"明珠有些忧伤地摸着华新的脖子说。

"那女人后来怎么办了？"

"怎么办？死活赖在我们家不走，说这里的财产有她和她儿子的份，要求我们给她一个交代。我母亲当时很清楚地告诉她，这里的一分钱都不会给她，因为她属于第三者插足，不到法院告她就不错了。那女人还真的被吓住了。不过，她临走还留下了话，如果那个死老头回来，她一定要问他讨个说法。"

陪明珠回到家，天有些阴了，好像要下雨。她的母亲开了门，很慈爱地看着他们说："回来了，我正担心要下雨了明珠淋着了怎么办。"明珠的母亲是三十几年前到外省插队的上海知青，大上海人那种贤淑和温和的气质很鲜明地烙在她的身上，一件干净的中式旗袍依然可以看出她当年的美丽。房间很干净，见他们来了她打个招呼就进了厨房做饭。明珠说："我到厨房给妈妈帮个忙。"说着就进去了。

房间的干净不是那种表面的光鲜，那些简单的木质家具，尽管油漆有些已经剥落，但桌面和凳角都锃亮照人。家中不多的那些物件儿都是经一双细心的手仔细擦拭过的，用"一尘不染"来说绝对准确。

"妈，那女人今天来了吗？"

"她倒是没有来，可你那老不死的父亲回来了。"

"什么？！在哪里？"

"住在你姑姑家，来问我要钱的。说他走了三年，三年单位照发工资，那些工资他要拿走，不然就到法院告我们。"

"让他告去，这些年他对这个家尽到什么义务没有？整天发了工资不往家拿就会到外面吃喝嫖赌，赌输了钱就来偷你的钱，还打你。我从小就看在眼里……"明珠说着声音开始哽咽。

"妈妈，别怕他，现在我也长大了，下次他再来你让他等着我，看我怎么对付他！"

4

华新有一个比起明珠来说幸福的家，有一个慈爱的父亲，家境富裕。他回家的时候，家里的大厅灯火辉煌，那是母亲在等他。她总是非常认真地记住华新每天晚上回家的时间，然后用很忧郁的声音对他说："你是一天比一天回来晚了，你的心怎么就这么野？"

"妈，你说话怎么这么难听。"华新小声嘟哝着。

"好好……你大了，你翅膀硬了是不是？"说话时母亲的眼睛一直闭着，这时候微微地抬了一下眼皮。

华新知道再说下去一场暴风雨就要来临了，就往自己的房间走去。

"站住，告诉我，你是不是在外面谈恋爱了？"

"没有——"

"没有你怎么老那么晚回来？"

"我学校有事。我是辅导员你又不是不知道。"

"我刚才去你们学校了，你们同事说你根本就没有加班。"

华新有些愤怒了。

"你怎么那么操心呀，我多大了？我谈个恋爱也要偷偷摸摸，谈个恋爱的自由也没有吗？"

母亲不吭声了。每当这个时候华新就害怕，因为她一旦不吭声就意味着要犯病了。母亲的病俗称"羊羔疯"，是不能生气的病。她毕竟是华新的母亲，他不希望她犯病。每当这个时候华新就不得不屈服，他要跪在她的面前抚摸着她的手，告诉她自己错了，让她不要生气。现在也一样。尽管他有许多的委屈，他还得跪在她的面前承认错误，好像他真的错了一样。

姐姐这时候出来了。

华新看她一眼，她也看了华新一眼，马上明白发生了什么事情。她脚步轻盈地走到他们身边，拉着母亲的手说："妈，你就原谅弟弟吧，他不懂事，说了什么让你生气的话你就打他一下，不然我替你打。"说着姐姐就举起拳头轻轻地打了华新一下。

华新故意做出用手擦眼泪的样子，母亲笑了。

华新和姐姐相视一笑，他们彼此知道那只是苦笑，多年以来他们就是这样过来的。

姐姐哄着母亲进房间，母亲却执意不肯，她一定要华新交代是不是谈恋爱了，如果谈了一定要先带回家让她看看。华新只好答应她才走。

姐姐从母亲房间出来小声说："她睡了。"

"姐姐，你说咱妈怎么就这样呢？我谈个恋爱都不成。我不知道爸爸怎么看待妈妈的这种行为。"华新有些委屈，他将一条腿搭在茶几上，心里真是千言万语无法言说。他不知道该怎么说自己的母亲，他打心眼里希望自己有一个更好的母亲，像电影或者小说中那种慈爱的母亲。像——像什么呢？应该像明珠的妈妈那样。但儿不能嫌母丑，华新为自己有这种念头感到有些惭愧，本来想说什么也不说了。

"不要说了，她毕竟是咱们的妈妈呀。她是生了咱们以后才得的这种病，没有办法。咱们就顺着她不要惹她犯病就是了。"姐姐好像看透了他的心事。

"有时候我真羡慕身边的那些朋友，他们有一个那么好的母亲，看见他们就能感觉到家的温暖。看着街上那些母亲怀里抱着子女的样子，我在想如果小时候母亲抱我一下该多幸福。你记得妈妈亲过你、抱过你吗？"华新还是忍不住说了。在家里，姐姐是他唯一的知己。

"没有——我和你一样的心情。我从小就希望母亲能抱抱我、亲亲我，可一次都没有。记忆里一直是她动不动就犯病了，吓死人了。"

"但愿这种病不会遗传，如果遗传了那可不得了。"

"睡吧，不要为这事烦恼了，该谈恋爱就谈，看着合适了就领回家来让姐姐瞧瞧。"

5

华新一个人躺在床上，看着窗外的夜色，辗转反侧。心里想着姐姐的话，想着明珠美丽的身影，想着她甜甜的笑，一切都那么可心，那么令人遐想。远处是黑夜中出租车在马路上急刹车发出的尖叫声，让整个夜晚显得空旷和无奈。华新不知道自己从什么时候开始多愁善感，有时候自己都觉着自己不像个顶天立地的男子汉。这时候他特别想明珠，希望和她在一起，那就可以什么也不想，什么也可以去想，做个快乐而自由的人。

　　第二天中午下了班，明珠到办公室来找华新，他们一起到食堂打了饭回来。没等华新开口，明珠首先说话了："你不是有事要对我说吗？"

　　"你怎么知道？"华新微笑而故作惊讶地问。

　　"三年了，你的一举一动哪里能逃过我的眼睛？"

　　"你是不是也有什么事情对我说？"

　　"是呀，但我想先听听你的。"

　　"我妈想让你到家里玩。"

　　"你妈不是很凶吗？她同意你和我的事情了？"

　　"她同不同意由不了她，我同意就行了。只是我不想再偷偷摸摸地让她跟踪，我想大大方方地和你谈恋爱，让她看看你仅仅是为了尊重她，毕竟她是我妈。"

　　"我真的没有思想准备，我想想……我该怎么对你妈说话呢，我该叫她什么呢？"

　　"你真是个傻瓜，就叫阿姨呗，当然，如果你想叫她妈她会更喜欢呢，哈哈……"

　　明珠气得鼻子都歪了，起身来扭华新。扭疼了，华新故意说："你以后再扭我就小心！"语气有些要发火的样子。明珠就停下来，满脸委屈地说："少爷，我以后再不敢了。"

　　"行了啊，别演戏了，现在古装戏里的什么少爷小姐你都活学活用了。"

　　明珠笑着说："你怎么知道我是在装呀？"

　　正闹着呢，外面有人敲门，同事小王带着一个五十余岁的老妇人走进来。一进来小王就说："这就是华新——"然后又对华新说，"这个阿姨找你。"

华新有些莫名其妙地盯着眼前这个老妇人。

那老妇人也一声不吭地盯着他看。华新感觉这人在哪里见过，因为这长相很像一个人，但一时想不起来了。

"阿姨，您是找我吗？"

老妇人半天没有说话。

"我们过去认识吗？"

明珠起身给老人让了座，并给老人倒了一杯水。

老人这下不看华新了，倒看起明珠来，眼睛里竟然是喜悦和兴奋的表情。

"我是你姨妈，你的小姨妈，你可能不记得我了。"

"我当然记得你的。十岁那年你还从老家来看过我呢，我怎么不记得呢？那后来你为什么再没有来过呢？家里人都好吧？"

"我这次来主要是想看看你，再不来我怕今生就没有机会了。"老人说着竟然抹起眼泪了。

"孩子，你妈这些年对你好吗？"

"好着呢，她主要是有病。"

"她平时打你吗？"

"不听话当然是要打的，现在我这么大了，她就不打了。"

老人若有所思地听着并点点头。明珠有些纳闷地看看华新，意思是怎么你姨妈不问你别的，问这些事情呢？自家的孩子怎么教育外人是管不了的，而且外人也不该问这些问题。华新和明珠对对眼，表示对小姨问话的厌恶。

"你快乐我就高兴了，你知道吗？你……"小姨忽然欲言又止。

"你回家见到我妈了吗？"华新问。

"我这次回来是为了你姐姐华敏的事来的，是啊……我必须要见你妈和你爸呀！"

看着老人话中有话的样子，华新说："你不要担心，有什么事情你就对我说吧，明珠也不是外人，你说吧。"

6

老人抬眼看着明珠微笑着说："多俊的孩子，你和我们华新可真是一对。那我就说了吧。你姐不是在我们那里的师范大学毕业的吗？她在那里处了一个朋友你知道吗？"

"姐姐在师范大学处了朋友？这我真的不知道。姐姐怎么从来没有对我说过呢？"

"你姐姐当时不是和你表哥在一个学校吗？你表哥知道这个情况。那个追你姐姐的同学现在正准备为了你姐姐调到这里来工作呢。这也是命呀！那个男同学叫杨波，前几天和你表哥一起在家里玩，我无意中问起他们家的情况，才知道他父母和我们当年是一个部队的，转业以后他父母到外地去了，我们回到了故乡。那杨波父母是前几年才调回来的，那时候你表哥才告诉我杨波谈的对象是华敏。他这一说可把我吓住了，天下怎么有那么巧的事情呢？"

老人话到这里停顿了半晌，双眼有些浑浊，眼睛里盛满了叫忧虑的东西。

"想瞒是瞒不过了，孩子，索性我就说出来，不然可怜了这俩孩子了。你要明白小姨的这番苦心，在你妈面前也好帮小姨递个话免得她误会。我们俩的误会是太深了，说起来连亲姐妹也做不得了。"

"你那个姐姐是抱养来的。"

"什么？！什么？！"华新惊呆了。

"是的，她是从杨波家里抱走的，她是杨波的妹妹。"

7

华新不知道自己是怎样保持着镇定陪小姨到了家。在路上他一直神情恍惚，甚至感觉是在做梦，梦过之后什么也没有发生，而小姨就在他的身边。华新永远忘不了那一幕，当母亲看见小姨和他走进来时，她惊愕地半天没有说话，小姨跟她说话，她也没有反应。等他拉小姨坐下来，母亲突然冲到小姨跟前用手指着小姨大声喊着："你这个狐狸精来这里干什么？"

小姨看看华新，话到嘴边又咽了回去。

"妈，你别这样，小姨只是来看看你，你们毕竟是亲姊妹。"

"什么亲姊妹，如果是亲姊妹就不应该再来我们家，不该见你。"

华新愣住了，他不知道她为什么这样说话。

"孩子，你妈妈在瞎说，她是太爱你了，来个人就害怕别人会把你带走，你别怨你妈了。"小姨赶紧说。

华新突然有一种感觉，小姨和妈妈之间有着什么不可告人的秘密，但那秘密是什么呢？

姐姐这时热情地招呼小姨喝水，她俩很亲热地聊起天。

母亲立刻抓住华新的手把他拉到一边，"她对你说了什么了？为什么来咱家？我们说好了的，她不来咱们家的。"

"妈，我想不明白了，你们是亲姊妹，你为什么不让她来咱家里呢？"

"你别管，这是我们上辈子的事情。"

看华新一副什么也不明白的样子，母亲的态度开始缓和了下来，好像心上放下了什么疙瘩。

"他小姨，你这次来究竟有什么事情吗？"母亲转头问。

"大姐，等孩子们不在的时候我再跟你说吧，是关于咱们大闺女的事情。"

"什么？小姨你说你来是为我的事？"姐姐华敏有些吃惊。

8

姐姐华敏和华新自小感情就很深。华新一直记着小时候上学都是姐姐牵着他的手去的。遇到外面的孩子欺负华新，姐姐就会像狮子一样扑上去保护他。在他幼小的心中，姐姐更像个哥哥，是他的保护神。而自从知道了姐姐的身世后，华新不知道这个晚上该怎么度过，不知道小姨该怎样对父母谈起姐姐的爱情，姐姐又该如何面对自己的身世之谜。这一切来的太突然了。

　　在父母和小姨三个人在房间里谈话时，华新来到姐姐屋。他看着姐姐，心里涌动着浓浓的亲情，看着她就好像看到了自己的童年，那种无忧无虑的童年，也看到了自己曾经痛哭的时候。那些时候，常常因为母亲的病突然发作，让华新和姐姐手足无措。那时候，他恐惧地大声嚎哭，姐姐紧紧地把他搂在怀里，然后用她坚定和恐惧的神情看着犯病时让人毛骨悚然的母亲。他们的哭声一起响起，因为有姐姐，华新觉着哭也不孤单，哭也是一种幸福。那种莫名的幸福感传遍了他的全身。那时候他感到姐姐就如同母亲，很温暖。多年以后，当华新搂着姐姐坐在沙发上聊天的时候，姐姐动情地看着他说："华新，当你搂着我的时候我感到非常幸福，我和你一样非常羡慕别人家的孩子小时候都能让他们的妈妈抱着，而我们没有。我希望早点嫁人，找个好婆家，找一个真正的好妈妈，我总觉着我的内心对母亲的爱有一种渴望，有一块很大的空白需要填补。"

　　而每当那个时候，华新只有一个回答："我也一样！"

　　姐姐几年前考进了陕西一家师范大学。在那里，她和小姨的儿子，也就是华新的表哥苏越认识了大她一级的体育系的杨波。华新不知道他们当时是怎样相恋的，但他知道在他们之间一定有着许多美丽的故事，然而他不知道姐姐会对带给她的坏消息有什么反应？并且他一直纳闷的是：一向对他无话不谈的姐姐为什么对自己在大学的那段恋爱守口如瓶，是因为姐姐不打算承认这段感情，还是因为姐姐太珍惜而不说呢。

　　他内心有一种紧张，同时也有一种莫名的恐惧。

　　"姐姐，姐姐，我该如何帮助你？！"

9

明珠打来了电话，说她已经回家了，她问华新："姐姐知道那件事情了吗？"华新说："还没有跟她说呢，但姐姐知道小姨来是为了她的事情，可她绝对想不到会那么复杂。我现在真的不知道该怎么安慰姐姐，不知道姐姐该如何面对。"

明珠说："我现在不好意思到你家，但我真的有种预感，你姐姐会受不了，所以，你无论如何一定要守在姐姐身边，看着她，开导她，那不是她的错误，那是冥冥中的命运安排，咱们都没有错误。哪有那么巧，杨波就是她亲哥哥。"

放下明珠的电话，华新就开始愣神，他的大脑一片雾水。

紧接着的一个电话是从陕西老家打来的，是表哥苏越。华新和表哥苏越从来没有见过，但通过几次电话聊天后他们很快成了朋友。

"华新，我妈到了你们那里了吗？"

"到了，你不打电话我都忘了要跟你说一下，真是太疏忽了。"

"不要紧，我就是想知道现在华敏知道那事情了吗？"

"不知道，还没有跟她说呢。三个老人正坐在一起谈这事呢，估计现在我父母已经知道这事情了。"华新压低声音说，他怕隔壁的姐姐华敏听见什么。

"我真的不知道华敏知道了会怎么想。作为她的老同学，我想先和她聊聊，让她有个心理准备，你说这样好吗？"

华新能想象电话那头表哥苏越的神情和心情，他就喊姐姐来听电话。

"华敏，你好吗？我是苏越。"

"啊——是你呀老同学，你在哪里呢？西安现在变化大吗？西部大开发那里是龙头，我想肯定会大变样的。"

"我们都挺想你的。你有空可以到西安来玩。"

"等着吧，会有机会的。现在主要是弟弟刚工作，你也知道我妈的病，所以我还是打算陪着他们。你呢？个人问题怎么样了？"

"对了，我正想跟你说呢，等会儿可能我妈就要谈到你的个人问题了。她知道你谈恋爱的事情了，我觉着让老人知道是应该的，你别不好意思。我妈这次就是专门冲这事情来的。等会儿如果说到什么事情不好听了，你一定要有思想准备，你是上了大学的人，应该做好面对现实的准备，是不是？"

"你在说什么呢？我都不明白了。你妈一来就很神秘，现在他们三个老人躲在屋子里谈什么呢。我猜是我的事情。其实我和杨波的事情我觉着顺其自然，我们现在离得那么远，我不可能回西安，你是知道的，他如果不来我们的事情就免谈了。到现在我父母和我弟弟都不知道我们的事情呢。不过，杨波最近来信说他父母已经答应让他到我们这里来工作了，到时候你们一起来玩几天，好吗？"

电话那边沉默了一阵，华敏对着话筒喊了几声。

"让我做好听到坏消息的思想准备？这个苏越就是没有正经，

什么事情呀？"姐姐说着满脸狐疑地盯着话筒，中断了电话。

华新不敢看她的脸，他假装盯着窗外看。那时候天空布满了乌云，一派山雨欲来风满楼的景象。要下雨了。

姐姐从房间里拿了一截织了一半的毛衣边织边看电视。

突然她抬头对华新说："小弟，你知道他们今天要对我说什么事情吗？"

华新没有转身，他怕这样的时刻到来。

"你今天怎么也这么婆婆妈妈的，告诉我，我知道你一定知道。好弟弟，你告诉我发生了什么事情。"

姐姐放下毛衣走到华新身后，用双手环抱着他，动情地把脸贴在他的肩头。"快，你可是我的好朋友，对不对？"

华新无法忍受了，不争气的眼泪顿时流了下来。

华敏惊愕地看着弟弟的表情，不知道发生了什么。

10

父母和小姨从房间出来了，他们三个人的眼睛都有些红肿。母亲好像怕冷一样地用一截羊毛毯裹紧了自己。她的身体有些颤抖，父亲在一边扶着她。三个人看着华敏姐弟，华新从那里看到了怜悯，看到了无奈，看到了无法预知的关怀。

父亲扶着母亲坐下，小姨招呼着姐姐坐到她的身边。

华新的心跳得极快，他甚至想赶紧躲开，压抑的气氛几乎要将所有的人窒息。家中的波斯猫不合时宜地"喵喵"叫起来，母亲用手撵开它，它有些失望地盯着母亲，灰溜溜地躲进了床底下。

这是个中等城市。在华新记忆中，过去全城只有两条马路，贯通东西南北。那时候马路两边都是一些低矮的平房，老乡们的铁匠铺和囊坑沿街排了一路。牛车悠闲地走在路上，大多数的时候，街道上会有一堆堆的牛粪热气腾腾地在阳光下喘气，好像一只只肆无忌惮的怪兽，那飘渺而隐约的气息如同雾气袅袅升起。

就是在这样的城市里，姐姐华敏牵着弟弟华新的手去上学或者回家。

他们一路戏耍，一路追逐，一晃就是许多年。

而他们的妈妈又总是卧病在床。姐姐很小就担负起了帮助爸爸做饭、伺候妈妈的工作。爸爸工作很忙，他是单位的领导，经常工作到很晚。那时候姐姐放学回来看爸爸不在就开始做饭。灶火放出许多浓烟，姐姐在烟幕中抹着被呛出的眼泪忙碌着，一会儿烧开水，一会儿切菜，华新则躲在房屋的一角，在远离母亲的地方写作业。

饭做好了，姐姐盛好了米饭和菜端到母亲的面前，母亲一脸严肃，费劲地坐起来，姐姐就一口一口地喂给她。

"孩子，你受苦了。"母亲边吃边说。那时候两个孩子从母亲的眼睛里会发现难得的慈爱的光芒，但那种光芒是非常少见的，很快母亲就会嚷嚷着头疼，要求躺下来。躺下来以后就一刻不停地开始呻吟，姐姐慌忙给母亲按摩头部。按摩的时候母亲疼得不停地咒骂着老天，咒骂着自己的命运。两个孩子不明白，老天爷怎么得罪了母亲，但母亲不这样是安静不下来的。

等母亲终于累了，不叫了，姐姐轻声示意华新到厨房吃饭，在那里，饥肠辘辘的两个孩子拼命地吃着，生怕再不吃就会饿昏过去。那时候饭菜显得格外香甜，姐姐时不时给弟弟的碗里夹菜，让他多吃。姐姐那时总说："你们男孩子只有吃饱了才能长力气，没有力气别人会瞧不起，你是咱们家的男子汉，以后咱们家要靠你呢。"

昏暗而布满油烟的厨房里，姐弟俩吃饭的声音好像音乐布满黄昏的小屋。吃饭时的专注和幸福感让两人难忘。那时候华新绝对想不到眼前的姐姐不是自己的亲姐姐，而华敏也绝对想不到眼前的弟弟不是自己的亲弟弟。那时候他们互相看着对方，边想边吃边嘿嘿地笑着，好像永远不会分开。

父亲开始诉说了。父亲的声音很低沉，好像从很远的地方传来。他叫姐姐坐过来，坐在他的身边，然后用慈爱而无奈的眼神看着姐姐说："华敏，今天爸爸、妈妈和小姨要给你讲个故事，是关于你的。我们本来不想说，但现在你必须要知道，因为关系到你的终身幸福。

"25 年前，你来到了这个世界上，你出生在陕北一个军人家庭。那家当时已经有了 4 个孩子，当你来了后，他们有些不知道该怎么办了。多个孩子怎么养呢？那时候我和你妈妈刚刚结婚一年，可你妈妈当时病得厉害，我们就想着先要个孩子来。听说那家军人养不了孩子，我们就去了，把你抱来了。"

姐姐华敏瞪大了眼睛听着，好像不相信似的。她的眼睛瞪得越来越大，最后就定格在父亲的嘴上了，那种突然受到了意外打击的惊讶无法掩饰，也无法逃避，只剩下呆滞的表情。她没有挪动身体，抓着爸爸的手握得更紧了。

华新挨着姐姐坐下去，双手放在姐姐的肩头。他能感到她的身体在微微颤动，但她又在极力掩饰，同时急于知晓事情的全部真相。她脸色苍白，嘴唇因为激动有些黯淡，但坚毅而无所畏惧的个性让她始终抬着倾听的头颅。

"可以说从你出生的那一天起我们就开始抚养你，一把屎一把尿。那时候奶粉很少，我们用少的可怜的津贴到处给你买奶粉。一出生你就在咱们家里，随后我们就调到了这里，所以几乎没有人知道你真实的身份。

"孩子——今天才告诉你的身世，你不会怨我们吧。"父亲说到这里慈爱地摸摸姐姐的脸。

"我不怨你们，你们从小把我拉扯大，虽然没有血缘，但已经有很深的亲情了。即使我的亲生父母现在要来认我，我也不会跟他们走的。人都是讲感情的。"华新惊讶于姐姐在听到这个消息时的镇定，他情不自禁地在姐姐的肩上拍了拍。

"你们不必为我担心，我也不想知道我的亲生父母是谁，在哪里，你们就是我的亲生父母。我觉着这么多年都过来了，你们真不应该告诉我这事。"说完这话，姐姐竟呜呜地哭起来了。

"孩子不哭，孩子，我们知道你很懂事，你就是我们家的好孩子，我们不会让人带你走的。"父亲怜爱地摸着姐姐的头发说。

"孩子呀，今天不仅要告诉你你的身世，而且还有一件事情要告诉你。"父亲的表情严肃起来。

姐姐抹了把眼泪，抬起头。

"孩子，你知道你亲生的父母是谁吗？"父亲的语气停顿了一下说，"你知道杨波吗？"空气突然凝固了，静悄悄的，一切生命都关闭了他们的声响，竖着耳朵谛听着。这种寂静注定要发生惊天动地的事情。

之后，华敏眼睛里只有父亲一张一合的嘴，只有母亲、小姨和弟弟放大的变形的眼睛和脸，只有旋转的房屋和闪烁的灯光。一阵旋风来了，她被抛到了空中，远远地抛向了空中，她想下来，可下不来，她吓得尖叫起来，后来重重地摔到了地面上，什么也不知道了……

11

华新到明珠家的时候，发现沙发上坐着一个老年男人，家中的气氛不对，明珠和她母亲正气狠狠地盯着那个男人一言不发。那男人就是明珠的父亲。男人抽着烟，试图用那烟幕遮掩自己的尴尬处境。

"我已经说过了，我是来要钱的，而且这家是我的家，我就要住在这里。"

"你还是快点死了好，怎么这么阴魂不散？你不是已经死了吗？怎么又回来了？外面不是好的很吗？"明珠的妈妈说着就哭出来。

"没有办法，我没打算回来的，但赌债太多了，没法还了。

我不赶紧逃回来，这条老命就没有了。"

"你外面不是有个小的愿意跟着你吗？你不是愿意和她在一起吗？你不是早就不愿意回这个家了吗？你怎么就这么不要脸呢？"

看着华新进来了，明珠拉拉华新让他坐下。

"我告诉你，你小时候对我们非打即骂，现在你已经没有这个权利了。你失踪三年我们已经报了案，已经按自然死亡处理了，你的户口也没有了。"明珠大声地说着。说完她用手捏捏华新的手，华新知道那是某种暗示。

"因为你失踪时间过长，对家庭长时间没有尽义务，你们的婚姻也是自然死亡，你现在已经没有资格坐在这里了，我也没有你这个父亲。可以说你和这个家已经没有什么关系了。"

正说着呢，外面大门呼的一声被推开了。一阵脚步从院落里奔来，人未到，喊天动地的哭声已经洪水一样地涌进来："我苦命的儿子呀，你的亲生父亲不管你谁管你呀……你老妈我也快死了，留下你一个人该怎么过呀！"

母亲看着夺门而入的女人冷冷地说一句："好了，你欠下的孽债，你看着还吧。"说完她就挨着明珠坐下来，那种神情像个威严的法官。而明珠越发将华新的手握得紧。他没有想到今天会碰到这样的场面，一时间有些紧张。他知道这种时刻他必须在场，为了明珠，心里无形中升起一股豪气。

女人进来就推着身边的儿子到了明珠父亲的面前。

"你看看你看看，你终于回来了，你可不能抵赖呀——你能说这不是你的儿子吗？我本来是不想找你的，这么多年就忍过来了，可孩子的父亲肝癌死了，我也是癌症晚期，快不行了，我不能让这孩子一个人没有依靠呀，我不能不找你呀，你毕竟是孩子的亲爹。

"孩子——孩子你快叫，他就是你的亲爹。"女人使劲地把儿子往前推，那儿子别扭地站在那里，好像一件被撑起来的衣服架子，好像因淘气被罚站的学生，好像无家可归的流浪者。

"妈，你好好说行不行？别弄得街坊邻居都听见了。"儿子小声嘀咕着。

"老头子呀，你听见了，你儿子在为你好呢，他还知道给你留个面子。你说说，你认不认这个儿子？"

明珠的父亲一言不发，只是在烟幕后面他的一双眼睛一直盯着眼前的小伙子看。是的，这小伙子真的就是他年轻时代的翻版，明眼人一看就知道是父子俩，谁也不能否认。他让女人一直说下去，没有发一言。

等一支烟抽完了，他慢腾腾地说："好，我认了这个儿子了……没想到我老了还捡到了一个亲儿，可现在我一贫如洗，老太婆也不要我了，闺女也不认我了。不认就不认，现在我有个儿子了。"他站起身，拍拍儿子的肩膀，"好在我有收集古玩的爱好，这么多年，也有了一些值钱玩意儿。儿子，既然你肯认我这个爹，爹就带你去西安卖古玩去，卖了钱就是你的，也算我欠你和你妈的。"

女人不哭了，明珠的父亲走向大门，身子有些趔趄。他尽可能让自己平衡，然后双手背在身后走出去。女人和儿子跟着出去了。

12

他们一走，明珠就狠狠地将大门关上，委屈的泪哗哗地流下来。而此刻明珠的母亲却已经扶着头靠着墙呜呜哭出声来。

世界上有许多事情是说不明白的。一些悲哀和惆怅好像已经注定。华新不知道作为夫妻，明珠的母亲和她的父亲怎样认识，怎样结婚，又为什么行同路人。难道他们一辈子就是在一种无爱的婚姻中？那为什么还要将明珠带到这个世界？

在明珠的书房里，明珠给华新讲了一段鲜为人知的家庭秘密。

二十几年前，明珠的母亲风华正茂，她的父亲和母亲在一个单位工作。当时母亲正和一个北京来的大学生谈恋爱，两人已经到了要谈婚论嫁的时候。那个北京知青和明珠的父亲是同一个宿舍的，因此母亲也就和父亲认识了。而那时父亲正和一个湖北来的姑娘谈着恋爱，四个青年就经常出双入对，关系也很好。那时候的父亲知书达理，一表人才，颇得湖北姑娘喜欢。而北京的大学生对母亲也是疼爱有加，周围的人都夸，这几个年轻人真是天生一对。可命运给他们开了一个玩笑。一天晚上，父亲、北京知青相约各自的女友一起去看电影。那是一个大夏天，出奇的热，母亲就在北京知青来之前先在屋里冲个澡。那时候没有什么卫生间，只能在自己的单身宿舍用温水洗洗。母亲也大意了，没有将门锁好。正当她脱光了认真洗的过程，门突然开了，进来的人不是北京知青而是父亲。这一来两人都愣了，愣是呆呆地站了好几十秒，母亲最后大叫一声"流氓"就慌忙披衣服，父亲转身撒腿就跑。

在那个年代，女人的贞操非常重要，被别的男人看见自己的身体那是奇耻大辱。哭了三天三夜之后，四个人凑在一起做出了现在看来很荒唐的决定。父亲要娶母亲，因为他看见了母亲的裸体，如同他已经侵占了母亲的清白。而北京知青娶了那个湖北姑娘。不久，北京知青就带着湖北姑娘离开了这个城市，现在他们已经没有音信了。母亲当时想：事已至此，好好过日子吧。可结婚没有多久，父亲就开始赌博，开始夜不归宿。母亲说那叫破罐子破摔，他好像感觉自己活得窝囊，觉着自己娶母亲是最大的错误。结婚是累人的，离婚也是累人的。两人刚开始是争吵，后来就懒得吵架了，再后来就互相不理睬对方，一直到连离婚也懒得提了。

母亲对父亲的态度是不过问他的事情，因为关心他就意味着要挨一顿臭骂或者暴打，唯一能做的就是抚养女儿长大。

父亲每月的工资从来不拿回来，饭也很少在家里吃，如果回来也是喝得不省人事让别人抬回来。这样的父亲你说还能对他有什么感情？

最让人气愤的是，他经常喝醉了酒以后嘴里叫着一些陌生女人的名字，母亲也渐渐听见传闻，父亲在外面租房子和陌生女人同居。

明珠讲着父母的故事，华新静静地听着。后来他叹了口气："没想到你们家会有那么多故事。"

"你会因为我们家的事情也嫌弃我吗？"明珠认真地问，眼睛盯着华新，想得到真实的回答。

"不会的，你也太小看我了，每家都有难念的经呀！我姐姐的事情现在就把我们家搅得天翻地覆的。明珠——如果你愿意，我真的希望你能够在这个时候去我姐姐那里给她信心和安慰，真的，我特别需要你的帮助。"

"我愿意的……"明珠深情地看着华新，眼里充满了柔情，好像在说："为了你我什么都愿意。"这就是青春，这就是爱情。

13

杨波从遥远的地方赶来了。此刻坐在火车里的他焦急万分，疾驰的列车好像紧紧地牵引着他，那心脏正在以疾驰的速度奔跑。没有什么能够在这个时候阻挡他来看华敏，当他知道了华敏竟然是自己的亲生妹妹，当他知道了华敏正陷入无望的深渊，他赶来了。华新正在车站焦急地等着他，两人打个招呼后就打的向华新家里来了。

几天工夫华敏苍老了很多，一切憧憬和美丽的梦想都瞬间碎裂。她呆呆地坐在自己的小屋里，眼睛木然地盯着屋子的一个角落。平时整齐的长发披散在肩头，脸上布满了泪痕。

杨波来了。他小心翼翼地走近华敏。华敏好像没有了任何知觉，她甚至不知道有人来了。杨波小声地叫了一声，华敏缓缓地抬头，然后一声憋闷许久的哭从嗓子里释放出来。那种破碎的如同撕破的丝的声音和那种玻璃破碎的尖锐感一起涌来。杨波轻轻地搂住华敏："小敏，别哭了，我也很难过，这就是命呀——谁叫咱们是亲兄妹呢？谁又曾告诉咱们呢？"

华新呆呆地看着痛哭的一对兄妹，眼泪也在眼眶里打转。他不知道该用什么话来劝解。他此刻只有默默地给两人倒一杯水，用手轻轻拍拍姐姐华敏的肩。

"可我们是兄弟姐妹，我们是幸福的。"华新对姐姐说。

14

明珠也来到了华新家，她是特地来看望华敏的。

几天过去，华敏的情绪稳定下来了。看到明珠来了，她脸上头一次露出了微笑。两人拉着手聊起来。

"我弟弟生活自理能力稍差一些，以后你多教他一点。在心里华新和我靠得最近了。有时候想想其实自己什么都不重要，只要弟弟有出息，能幸福，我也就满足了。"

说完这话，华敏长叹了一口气："我真羡慕你有一个幸福的家，我一看你就活得很幸福。我家弟弟人很好，你和他在一起会很幸福的。"

明珠听着，不住地点点头，时不时给华敏理理凌乱的头发。

"大姐，其实想想你也是很幸福的，有这么好的弟弟，还有一个哥哥。这也是一个好的结果呢！"

"是啊——有的人没有了爱情就什么都没有了，上帝可怜我，让我还拥有了亲情，让我又多了一个哥哥，这的确是好事情。我就是有些转不过弯来，原来还是梦中的情人，突然就成了自己的哥哥，一时难接受罢了。我想我会好起来的。"华敏苦笑着说。

15

日子还将继续，很快就到了冬天，华新和明珠决定领结婚证了。风风雨雨已经过去了，他们需要一个自己的家，一切水到渠成。明珠的母亲其实早就盼着女儿能嫁过去。她的观点是既然两情相悦，而且两家大人也不反对，就该早登记，免得夜长梦多。刚开始明珠听了母亲的理论还有些不情愿，心想：如果真的爱我，他会长久地等着我。如果不爱我，即使结婚了又怎样？但最终她问了自己无数遍：你爱他吗？无数遍的回答都是一个字：爱。冬天他们结婚了，相约好等第二年春暖花开的时节去海南度蜜月。

结婚典礼一结束，两个人都忙着上班了。

华新在一所高校教书，因为平时喜欢创作，他显得非常忙碌。他经常加班加点，新婚的头一年还经常回家，后来就隔三岔五地打电话说晚回来，在办公室搞创作。后来他干脆在办公室里架起了一个床，有时候就不回来了。明珠想：男人们真的像书上说的，结了婚以后就万事大吉了，反正老婆也跑不了了，就不像过去那么重视自己了。明珠经常一个人坐在客厅看电视，她专爱看琼瑶的电视剧，一晚上下来总是以泪洗面，不得不用毛巾热敷，害怕第二天上班让人看了还以为两口子吵架了。

明珠的确憧憬着家庭生活的恩爱永久，那种永远的甜蜜。尽管理智告诉她，这样的浪漫不可能持续太久，但她没有想到自己憧憬的浪漫是那么短暂，一年后甜蜜的一切就变了样，现实和她想象中的婚姻生活差太远了。

华新整天都在说累。其实教学任务没多少，是他在写小说，一篇几十万字的长篇常常需要很长时间才能完成，明珠都明白。况且，母亲在明珠临嫁之前已经提醒过她：嫁给华新就意味着要吃苦，就意味着要付出。

"他是搞创作的人，你看作家有几个是有钱的？电视上那些知识分子写的书，卖不了就只好放在家里，多没意思呀！累死累活干那个干啥？舒舒服服在家享受多好！"

"我就喜欢他，我不相信他会一直这样，我觉着早晚他会出名的。"

母亲最终还是看着女儿嫁给了那个傻小子。

16

春天到了，明珠一直等待的海南蜜月之行没有实现，因为华新写的长篇小说接到了录用通知，出版社要求他在一月内改好，然后准备出版。明珠不关心华新究竟在写什么，她知道丈夫一直喜欢写东西，而且是个一心想在文学史上留名的人，这注定了他一定要勤奋，一定要付出超出常人的汗水和精力。明珠觉着自己对华新挺了解的，但结婚后发现自己对他好像还很陌生。过去她去看他，总会对他伏案创作感到由衷的佩服和赞叹，而现在她对他的这种状态感到了无所适从，她感到自己每一次看到他这样做，心里都有一种巨大的失落。

"你白天忙不够，晚上也忙不够吗？"她有一天这样问他。

"你一星期已经有三天不在家了，为什么回了家也没有时间多陪我一会儿呢？为什么你还要创作？你是不喜欢我了吗？

"你皱眉头了，你就真的那么烦我吗？你说话呀——你木头！"

刚开始华新还好言好语地对明珠解释，说自己有多忙，改稿是多么的耗费心神，希望明珠能够理解。后来，每当明珠要责备自己的时候华新马上关了电脑转身就走，这让明珠气不打一处来。

当华新转身离去的时候，明珠就高声地哭出来，那种哭是撕心裂肺的，这让气头上的华新有些不忍。他知道只有伤心的人才会那么哭泣，于是就转过身来，搂着明珠向她道歉。明珠也只有在华新哄她的时候开始向他洪水般地倾倒苦水，这时候华新才明白原来自己结婚以后确实冷落了妻子。他有些歉疚，两人达成一项协议：如果吵架，谁也不能转身就走，不能过分地大发脾气，最多只能转身坐到客厅的沙发上，绝对不能冲出家门，更不能向自己的父母哭诉。

"想想，还有没有其他要达成的协议？"

因为是哭着想的，明珠觉着暂时还没有想出别的事项。华新答应她在以后的日子发现有需要补充的就及时补充，一定尊重

她的意见，并且她说什么就执行什么，真有些婚前做出承诺的
架式。

华新带有忏悔的承诺和他的软语温存，让明珠感到了一丝满
足。她明白自己很需要这种满足感，假如哪一天她没有了这种满
足感，她不知道结局究竟会怎样。

17

华新说不清楚自己究竟是怎么了，原来心里那些对爱情的憧
憬现在是一点也没有了。他过去可不是这样，他总盼望着早点结
婚，让眼前的明珠早点成为自己的人。

明珠是华新大学时的同桌，他们走到一起是理所当然的事
情。华新被分配到了现在这所大学教书，但明珠不愿意华新教
书，她希望华新能当记者，能仗义直言，那是男人该干的事情，
也是华新的理想。那时华新总凑近明珠的耳朵说："我们和别人
不一样，我们是为了爱情。"那样的话只有那时候的人才能说出
来。但那时候已经过去了，很快。

"我们是为了爱情。"可以说，冲这句话明珠开始考虑嫁给
华新。

中文系男生是最早熟的一类，华新把这归咎于爱情小说的熏
陶。那时候的男生们总爱在秋天和冬天的时候在脖子上围一条长
长的围巾，穿中山装，一脸"五四"青年的表情。最好能经常碰
见刮风天，那样围巾就会随风招展，中文系的男生们就各个一副

"云飞扬"的模样，各个成了徐志摩，成了戴望舒，成了巴金笔下的觉慧，充满了浪漫和无法比拟的才气。他们需要和心目中的陆小曼，和琼瑶笔下的美丽佳人约会，要写出莎士比亚那样的情书，写出让所有女孩子为之倾心的华彩文章。

于是，在其他系的男女生还不知道恋爱是什么的时候，中文系的男女生们已经手牵手出入食堂和教室，或者在操场的草坪上一坐一晚上了。他们从罗密欧和朱丽叶谈起，从《牡丹亭》到《西厢记》，然后到《红楼梦》里的痴男怨女，谈着谈着，男生们都成了多愁而痴情的张生，成了为爱而苦的宝玉，女孩子各个要做那个聪慧而坚贞的林妹妹，大声斥责宝钗的八面玲珑、四方讨巧。

华新也是在那波中文系恋爱大潮中和明珠相识、相恋的。这一恋直到结婚。

18

现在华新刚刚结婚一年，他有些无法控制自己对婚姻的冷淡，也不能说自己对婚姻没有兴趣，只能说自己开始对婚姻不那么热衷了。过去把婚姻想象得太好，等真的结了婚，发现自己的婚姻其实和别人的差不多。他读过钱钟书的《围城》，好多人说那是一本写婚姻的经典书，当时在大学他没有读完就把书扔到一边去了，认为书中所描写的人和事有些荒唐、可笑，生活中不可能那样，后来明白了，生活中的许多事情就是如此。他把《围城》看了好多遍，最后认定钱钟书是最早的女性批判家。

华新想钱钟书尚且如此，自己对女性、对婚姻的冷淡也是在情理之中了。因为女生天生就是唐晓芙、苏文纨、方柔嘉，她们天生是需要男人的宠爱和欢心的，但得到了男人的欢心以后又要男人成为奴仆。

好在华新并没有将自己的妻子明珠归为这一类。他在心里感谢老天特别厚待地给了自己一个温柔、体贴的妻子。当然，撒娇埋怨的事情是必然的，既然是丈夫就应该尽到做丈夫的义务，整天埋头自己的事业，任何女人也会生气的。华新内省了自己，对明珠心生了怜爱，心想以后尽可能要对明珠好一些。

而自此明珠逢人就说自己的丈夫好。华新想女人真是容易满足的生物，她们比男人更可靠、可爱。

19

其实华新自己也还没有真正搞懂男人女人究竟哪一个更好。他不能因为自己是男人就说男人好，也不能站在妻子的立场上夸女人好，但万事万物终归有一个标准。近来华新学到了一些分析问题的方法，任何事情都不能绝对化，要一分为二地去看待。如果在唐代，你说女人胖了好还是瘦了好？当然是胖了好，胖让人喜欢，那是那个时代的审美标准。而现在当然是瘦了好，无论老幼，无论男女。在穿戴方面做个女人好，可以随心所欲地照着自己的喜好穿戴，这个时代的时装是专为女人制造的。男人们穿过来穿过去就是那么几样颜色，几种款式。这样一分为二地看，女人天生是男人的伴侣，是男人生活中的知心人。任何男人在说婚姻是坟墓的同时，又离不开女人，他要那种家的感觉，那只有从一个女人的身上才能得到。

20

华敏看着弟弟和明珠结婚了，自己心里的一块疙瘩也就放了下来。华敏是和杨波一起为弟弟准备婚事的。大家都说华新真有福气，不光有一个那么疼自己的姐姐，而且还找到了一个那么爱自己的哥哥。华新也觉着自己挺幸福的。

等弟弟的婚礼结束以后，杨波要求华敏和自己一起回家，他说华敏的亲生父母也就是杨波的亲生父母要见见二十几年没有见面的女儿。华敏感到有些为难，因为她看见一旁的母亲也就是那个实际意义上的养母，脸色十分阴沉。那是可以理解的，毕竟是这位母亲养育了自己那么多年，现在要去看自己的亲生父母，她怎么能不寒心呢？

华敏想了想，决定不去了。

这让母亲很高兴。她灰白的脸上出现了一丝红晕："妈真是没有白养你。那家人也是的，这么多年也没有来看过我们家敏敏，现在孩子大了，能自立了倒想起来了。"母亲气狠狠地叨叨。

"你就少说几句吧，"父亲看看一边的杨波说，"你还是带敏敏回去一趟吧。这么多年了，好歹是他们身上的一块肉，让他们看看也是应该的，人做事是要讲良心的。"

"你在说谁呢？你说我没有良心？好好——你看我老了，不中用了，你就嫌弃我了。"母亲说完这话就三下五除二地脱了鞋子，然后一屁股坐到门槛上嚎哭起来，"天爷呀，你倒是开开眼看看这些个没良心的人呀，他们的良心都被狗叼了去了，我为这个家付出了多少呀，他们看我老了病了就不管我了，他们要认他们的亲爹娘了，老天爷你这样惩罚我是做什么呀……"

华敏看母亲这样就不敢说什么，连忙过去搀扶母亲，陪母亲掉眼泪。父亲就只好愤愤地回到自己的房子里生闷气，母亲靠眼泪软硬兼施终于成功了。

华敏送杨波一个人上了火车。

华敏对杨波说："这么多年了，我已经习惯这个家庭的生活了，我不想将这种生活打破。我还是不回家的好，你能理解吧？"

杨波点点头。

21

尽管恋人做不了了，可亲兄妹还是要做的。杨波比过去更勤地来电话、来信。华敏的心境开始平和，开始接受这个事实，开始让自己从悲哀的情绪中走出来，性格也变得开朗起来了。

她想这是上帝给她和杨波开了一个玩笑，她应该正视而不是怨天尤人。生活毕竟是要继续的，尽管这个生活被命运安排得是那样拙劣，拙劣得令人窒息。

当她心情变好的时候她就经常到弟弟华新家里坐坐，帮明珠处理一些日常的家务。

明珠说："姐姐你不要再惯他了，他这么大了应该学会处理家务了，他忙的话我也可以一个人承担家务的。"

华敏说："你们两个都还是孩子呢。反正我也是一个人，闲着也是闲着，你如果不嫌弃，我就经常过来陪你做做家务。我弟弟是个事业型的人，我们家全指望他以后能出息呢！"

说者无心，听者有意。华新回来了，明珠就告诉华新："你姐姐真护着你呢，明摆着是来告诉我让我多做些家务，少让你操心。"

临了，明珠说了一句："你姐姐真是个好人，只是她现在自己的事情还没有解决，你这个做弟弟的也不为她着急呀？她一晃眼就要奔 28 岁了，成老姑娘了。"

提到姐姐华敏，华新心里就一阵酸楚，他觉着自己有责任给姐姐找一个好人家。他觉着一个没有亲生父母的人是可怜的，而同时没有了心上人更是可怜。所以，在这个世界上姐姐的幸福成了华新努力的方向。

"我爱我姐姐胜过我的父母。"晚上华新搂着明珠睡觉时动情地这么说，"她太好了，我不能让她再受苦，她已经受不了再一次的打击了。"

"那你就说服你姐姐找个好人家吧。女人得到爱情就会满足的。"明珠甜甜地对华新说。

当华新把他的想法告诉华敏，华敏却一口拒绝了。华敏说："我这辈子是不准备再谈什么恋爱了。我的心已经死了，现在我只希望弟弟你好好生活，你幸福了我也就幸福了。"

华新听了这话就不知道该怎么劝姐姐了。他决定私下留意，给自己找一个未来的好姐夫。

学院里同一个教研室教古典义学的老师姓古，已经 30 岁了，一直单身。据学生们反映，他的课讲得非常好，不仅口才出众，而且很有才华，常常现场吟诗、作诗，颇得学生喜爱。华新也注意到这位古老师平日里不怎么和其他老师来往，总是独自一人上下班，偶尔看见他和学生们在一起也只是简单地寒暄几句，然后匆匆而去。这个古老师很注意他的仪表，穿戴总是紧跟时尚。街上流行苹果牌牛仔裤的时候他就穿苹果牌牛仔裤，流行宽松老板裤时他就穿老板裤，流行烫发他就开始烫发。如果这些还不足以让华新留下特别印象的话，那么有一件事让华新决定一定要将姐姐介绍给他。

华新每天晚上有到操场锻炼的习惯。有一天晚上 10 点了，锻炼的学生都回了宿舍，他留意到偌大的操场上还有一个人影，那人围着操场跑，不知道跑了多少圈。华新跑了两圈就感觉累了，扶着单杠休息，可那人却不知疲倦地跑着，好像夜晚不过去他就不停止。华新注视着，心里暗数着，那个晚上如果不是华新和他打招呼，那人真的有一直跑下去的趋势。

华新后来冲着那人喊："你真厉害呀，我数了数，你已经跑了 22 圈了。"

那人就停下来说："你怎么跑了那么几圈就不跑了？你不是华新老师吗？"他迟疑地问，生怕认错了人。"是呀，你一出来我就认出你是古老师了。没想到白天没有机会和你聊天，晚上碰上了。""是呀，都很忙。"

后来几乎是不约而同，华新晚上锻炼身体总能遇见古老师。华新想：这人不错。一个对生命有热情的人不会忘记生命在于运动的道理，不会不坚持锻炼身体。我得找机会让他和我姐姐认识认识。

明珠原来埋怨华新结婚以后回家的次数少了，老说华新找借口加班不回家。现在听说华新是为了给姐姐物色对象也就不埋怨了，想想华敏的终身大事现在是压倒一切的大事情，作为弟媳妇做点个人牺牲是应该的。

一个月过后，华新回家的次数多了，每次回来总是笑盈盈的："我这次给华敏找到好人了，我和我姐姐都很满意。

"古老师已经约姐姐去看电影了。

"古老师已经不在晚上出来锻炼了，他和姐姐陷入热恋了。

"古老师又开始锻炼身体了，带着姐姐一起锻炼呢。

"古老师当初还说不想谈恋爱，也不想结婚，结果见了我姐姐就放弃一切了。真是那句话——英雄难过美人关呀。

"我问了姐姐，她说古老师很有才华，很有修养，她比较满意呢。"

后来华新对明珠说："唯一不让人满意的地方是，姐姐和他离得太远了。"

明珠一边做饭一边说："你真是咸吃萝卜淡操心，爱情若是久长时，又岂在朝朝暮暮？尤其是在刚开始谈的时候，两个人离得远一些正是对两人的考验。"

明珠的话无意中揭示了恋爱的玄机。

古老师的确开始疯狂地爱上了华敏。

22

华敏来华新这里很少了。明珠说华敏找到了幸福。华新依然回来得很晚，有时住学校。华新的理由是加班或者他最近在写一个长篇小说，让明珠多担待。明珠想：既然嫁给了他，就该无条件地支持他。我苦一些能帮助他完成他的梦想，一切都值得，到他成功的时候我们一起分享成功的欢乐就行了。明珠开始慢慢适应了一个人的生活。

一年以后明珠生了一个儿子，她全部的心思都投到了儿子身上，没有工夫在意华新回不回家了。华新也从此乐得逍遥，甚至一个星期也难得回趟家。明珠觉着：男人可能都这样，找到老婆以后很快就会厌倦。但明珠也只是想想，她操心的是如何把宝贝儿子抚养成人。

"我打算把咱们的儿子培养成一个大作家。"华新经常这么说。

"我不要求他成名成家，我只希望他能安安静静地生活，健健康康的。成名成家那么容易吗？我可不愿意他和他老子一样，一辈子累死累活就为了自己的那个梦想，结果丢失了多少快乐呀！"明珠有些冷嘲热讽。

"我可没有丢掉快乐，我觉着创作是最大的快乐。"

"那你就和创作结婚吧，别理我们母子了，我们能够自己养活自己。"

过去两人这样争吵的时候明珠会很伤心，总希望华新过来搂着她、安慰她，现在他不安慰她了，她也不奢望那样，甚至认为那样反而虚假了许多。明珠在心里想：我一定要独立起来，我要坚强，我是孩子的母亲了。

华新和老婆吵了架就回学校，学校的老师有的以为华新还是单身，有的认为他们夫妻闹分居了。

一天女老师于小燕来找华新了。

23

那时候华新刚刚完成他的长篇小说《大明湖》，于小燕来了，"华新老师，听说你是作家，能给我看看你发表的作品吗？让我拜读拜读。"于小燕说完就很真诚地等待着华新说话。华新刚完成长篇小说正想找个人看看，谈谈感想，就说："我刚写了一个长篇，还没有修改呢，你看看有哪些毛病？这样我就可以再修改了。"

于小燕发现华新的宿舍很乱，就说："你一直单身吗？"

华新当时正穿着短裤，被子也没有叠，脸也没有洗，神情沮丧地说："和单身差不多。"

于小燕就笑笑："你能给我倒杯水吗？"

华新站起身来倒水，发现于小燕的眼睛很明亮，就多看了几眼,他感到自己的手有些颤抖。平日里只顾忙,从没有认真地观察和注视过身边新来的同事,现在眼前的这位真的让他心慌意乱起来。很久没有这种感觉了。

那天晚上两人聊了很久,两人都没有睡意。不记得于小燕是什么时候走的,只记得她临出门轻轻地说:"留步吧,我明天再来。"

只那句话就让华新一晚上没有睡好,等第二天起来发现自己的眼睛肿了一大块。想起过去谈恋爱的时候一谈就是一个通宵,常常第二天爬不起来就不去上课,或者上课的时候总是睁不开眼,同学见了就心照不宣地笑话道:"昨天晚上又用功了?"华新没有想到自己在这个年纪还会对异性产生那种感觉。

他呆呆地坐在床上好久,最后摇摇头,自言自语:"不行,谈恋爱多累人,千万不能再谈了。"

华新的稿子给了于小燕,就有了来往的理由。和许多恋爱的男女一样,于小燕当然要在第二天或者某天来到,理由很明确,来还稿件,而且要好好谈谈。

于小燕说好第二天来的,华新把宿舍很好地收拾了一番,但没有等到于小燕。宿舍里没有电话,华新一晚上在看书,但一个字也没有看进去。

第三天上班在楼门口碰见了于小燕,于小燕很抱歉地说:"对不起,你的小说太感人了,我看了一天,但没有看完,我想等看完了再过去找你,这样可以就作品谈得更完整一些。"

华新也笑笑,淡淡地说了一声"没关系"就走进教室了。进了教室,学生们都安静下来,华新却不知道自己该做什么。他走到窗前定了定神，感觉自己刚才表现得太过冷淡，会不会伤了于小燕的自尊心呢？

思前想后，他决心下了课找机会邀请于小燕到附近的"灰姑娘"去坐一坐。

24

"灰姑娘"是一家酒吧的名字。于小燕晚上8点准时到了灰姑娘门口，她左右看了看没有发现华新，华新却早就在马路对面的电线杆后面看见了她，因为当时车流正多，华新努力了几次也没能冲过马路，就很焦急地看着对面的于小燕茫然失措的样子。

华新终于跑过了马路，这时候于小燕看见了他。

"我还以为你不来了呢。"

"马路上车太多了，我早来了10分钟，一直在对面的电线杆后面。看见你来了就想过来，结果车多。"

两人说着就进了酒吧。光线突然就暗下来，有点看不清路，华新找到一个空位，边招呼着于小燕边拉她的手，于小燕的手就像渴望了很久一样一下子就伸了过来，嘴里说着："这里怎么这么暗，没有灯吗？"

正说着，灯光一下子亮了起来。原来这酒吧晚上8点半以后才营业，两人来得太早了。

25

　　有一天，小姨打来电话说小姨丈得了癌症，想在临终的时候见见华新。小姨在电话里说："华新你就来一趟吧，你姨丈不行了，他想见见你。"华新对母亲和父亲说："这是怎么了，一个我从来都没有见过的人，现在快不行了要见见我，什么意思呢？"母亲马上很警觉地问："他们还说了什么？""他们就是想见见我，让我回去。""不回，多少年了，现在想起你来了，不回去！"

　　华新看看父亲，发现父亲一言不发。

　　"你说我父母是不是有什么事情瞒着我呢？他们一谈到我小姨家就很紧张，这次我小姨丈不行了却提出要见见我，什么意思呢？"

　　"我猜你是不是你小姨的儿子？"明珠一边给孩子喂奶一边说。

　　"我也有种预感，但我不能说。那么多年了，我已经和这个家有了感情了，即使他们认我，我也不会认他们的。尽管我妈对我们不好，但她毕竟把我们拉扯大了呀！"

　　"是呀，不过我现在好像才明白为什么你得不到母爱，一方面是你母亲有病，另一方面可能你不是她亲生的。"

　　"这么说，我和姐姐都不是亲生的了？我和姐姐都是别人的孩子？那我母亲……对了，听说得了那种病不能生育。天呀，这么说这中间最痛苦的人应该是我的父亲，可他怎么从来没有表露过呢？"

"我不明白，你既然是小姨的儿子，你小姨把你给了你妈，可为什么提起小姨，你妈那么警惕和嫉恨呢？"

26

明珠说得没错，为什么小姨把华新送给了母亲，母亲不报答反而嫉恨小姨呢？母亲得的那种病是不能生育的，因此姐姐是领养的，自己也应该是领养的，如果仔细动一下脑子，自己的身世之谜早就应该知道的。真的知道了自己的身世，华新反而没有什么想法了。他尽可能地想像过去那样对待父母，但他还是盼望有那么一天父母能亲自告诉他真相。

姨丈去世了，华新没有回家。第二年，小姨又一次来到了华新家。华新觉着每次小姨看见他好像都有很多话要说，但最后都没有说。她来到这个家就像一个不会说话的动物，一味地劳作着，她的眼中到处都是活，她帮助母亲做饭、料理家务、陪母亲散步。

华新不知道小姨什么时候离开，他觉着自己盼着她离开的心情很复杂，让他有些歉疚。但他实在不愿意面对事实，一个声音好像在说：让那个身世之谜永远烂在别人的肚子里吧，别说出来，不知道就行。他发现自己渐渐有些躲着小姨了。

原来每周他都要带着明珠回家几趟，现在小姨来了他回家的次数变少了。

27

华敏和古老师的恋爱如火如荼地进行着，华新和于小燕的地下恋情也开始白热化。这是个恋爱的季节。华敏和古老师可以花前月下，他们的恋爱是写在脸上的，写在大多数人的眼睛里，而华新感到自己每次和于小燕在一起，尤其是晚上单独在一起，就像在进行一场冒险，充满了刺激和挑战，毕竟这是一场不太符合伦理道德的行为，毕竟他心里还爱着明珠，毕竟他的家庭还是比较美满的。然而，华新的心里有着无法挽救的好奇，他不想让自己的生活过于平淡了，而节外生枝总让他感到一种前所未有的兴奋。华新说服自己的理由是：我不会真正爱上于小燕，这是一种行为实验。我就是看看在一个心里有爱的男人身上还会发生些什么？生活本身就充满了各种可能，我不能有些创新和个性化的设想吗？另外，这本身也是一种生活体验，有助于搞创作。

华新说服自己的理由还有：爱美之心人皆有之。只要我不伤害其他人，无可厚非。结婚时发誓要相互忠诚的话最初总缠绕在华新的耳边，这让他和于小燕的交往中好像隔了一堵看不见的墙。欲望总是在想到那些誓约的时候被迫中断。后来华新认为誓言每个人都有，忠诚也是相对的，只要心里保持着对对方的爱就是忠诚的，这和"酒肉穿肠过，佛祖心中留"异曲同工。

28

因为考虑到住校的单身教师太多，人多嘴杂，于小燕主动在离学校很远的东边租了一间房子，这样华新每天下班就不用再住校了，而是出了校门一拐冲着大东郊去了。

有时候华新也反省：自己为什么对婚姻说厌倦就厌倦了呢？这总有理由吧。但找了半天也没有一个真正能说服自己的理由。厌倦也许就像对一件经常穿的衣服的感觉，就是对一种经常吃的菜的感觉，就是对一件太过熟悉的事物新鲜感的消失吧。这样想想，厌倦就是厌倦，没有理由，因为这是人类的通性。华新心里有些释然，像大便憋了很久终于找到了茅坑。

华新的负重感有一天突然就没有了。

29

明珠对华新说："你姐姐的脸色明显红润了，好像变了一个人一样。她这次肯定找到了合适的。"华新说："但愿，我看古老师也明显心情舒畅许多了，晚上锻炼也拉着我姐姐呢。"

明珠说："过去你谈恋爱不回家你妈就像地主一样地盘问，现在你姐姐不回家了你妈也不问了，看来她也感到再阻拦会耽误了你姐的青春。"

"是啊，再不嫁出去成了老姑娘谁要呀！"

明珠放下怀里的孩子，眼睛有些潮润地看着华新："你很久没有碰我了……"

"什么？唉，我不想——我好像已经没有那方面的需求了。"

"天呀，那咱们的日子怎么维持呀？"

"你的意思是没有夫妻生活的夫妻就不能长久吗？"

"我可没有说，不过，这不是人的本能需要嘛！这都是当初你教给我的，怎么，你现在不承认了？"

"我说过吗？好了，不说了，我很困，我要睡觉了。"

"你好像不爱我了，一个男人对自己身边的女人一点兴趣也没有的时候就是不爱了。再傻的女人也看得出来。"

"别烦人了行吗？我没有说不爱你，我只是说我现在很累，我也说不清为什么。"

"好吧，以后咱们分床睡……"

30

华新终于知道了真相，自己真的就是小姨的儿子。4 岁那年，母亲到小姨家里说要过继一个孩子。

"那我母亲应该感激你，为什么还要讨厌你呢？"

"她是害怕有一天我会把你要回去吧。另外……"小姨不说了，她看看华新，"大人的一些事情，过去就过去了，关键是你们过好，一切都会好的。"

"不，你不把真相告诉我我就不会过好，你告诉我为什么我妈那么恨你？"

小姨抹了抹眼睛："孩子，别问了。"她的脸上写满了无奈和忧伤，那雾气一样的忧愁。

华新有些怅然，他似乎觉着自己的身世应该没有这么简单。自己一直渴望得到的谜竟然让小姨这样几句话就解开了，哪怕多些惊险，多些曲折，都无所谓的。他摇摇头，叹了口气。电视剧里这样的情况不知道会出现多少精彩的煽情，可在现实里华新觉着不过如此。

"那时候，你爸是个部队干部，回了趟家乡。在村子的小路上我看见了你爸，穿着军装很潇洒。你爸回头也看见了我，我们都愣住了，好像在哪里见过一样，所以就多看了好几眼。后来你爸就派人到我家里提亲了。那时候你妈俊着呢，你姥爷就说家里有两个闺女，不知道说的是哪一个。按理说应该娶大闺女，因为大闺女没有嫁人，小闺女怎么嫁人呀？你爸打听到大闺女也很好，就同意了。姐姐嫁个好人家我一点也不嫉妒，可你妈和你爸成亲的那天就犯病了，是在入了洞房的那天晚上……

"大家都说你妈是中了邪了，可请了医生看怎么也治不好。有人说她生个孩子兴许就会好了，可医生说这病如果生孩子会遗传的，所以你妈就不能要孩子了。为了让你妈的病缓和一些，就从当时的战友那里抱养了你姐姐。

"你姥爷姥姥总觉着亏待了你爸爸，因为你爸爸是部队干部，那时候的人都很厚道，宁愿牺牲自己的幸福也不能让人在后面戳脊梁骨，谁摊上这样的事情谁就认倒霉吧。你爸爸也认了。

"还是你爸爸，因为部队转业要到外省去，临走前介绍我和他部队的好友苏中华，就是你的亲生父亲认识了，只是有个条件，希望我和苏中华生个儿子认他做干爹，他知道他这辈子是没有指望要儿子了。你姥爷姥姥和苏中华商量了，如果生两个儿子就把老大过继给你爸爸，后来有了你弟弟，4 岁那年你就跟着你爸爸走了。

"听苏中华告诉我，你爸爸一直喜欢的是我，可他从来不说，因为当初他娶了你妈。这么多年我不到你家是因为到一次你妈就生气一次，我害怕她受刺激。在她看来我是来带你走的，因为我是个正常人，是来夺她丈夫来了。"

小姨笑笑说："她就像个孩子。现在我已经老了，家里没有什么负担，我来家里帮帮你妈，也是替我们这个家还欠你爸爸的情。到哪里去找这么好的父亲呢？孩子，你应该是有福的。"小姨说这话的时候看着华新，眼睛充满了母性的温情。

31

华新和于小燕交往了一年多，相安无事，华新有些得意。他对来看他和姐姐的杨波说："男人不能太死心眼了。"

杨波说："我发觉你好像堕落了，过去你是多么纯洁的人。"

华新就打个哈哈，再说多只能让自己无聊，而且这种事情是要保密的。

华敏找到了华新，问他最近是不是在疏远明珠，是不是有了新想法。"外面都在说你和于小燕挺亲密，是不是有这种事情？"

"怎么会？因为我们在一个教研室，平时工作原因难免有些接触，你别瞎想了。哪人背后无人说，哪人背后不说人呢？你放心吧，对明珠我是一百零一的效忠，就像仆人对主人，就像地球围绕着太阳，星星对天空。"

"行了行了，别贫了，没事别整天待在学校里，多回家看看，也是当父亲的人了，别让人说闲话就是了。"华敏说完就走了，她还是相信弟弟不会像人们说的那样。

华敏晚上约会，想对老古提出结婚的事情。母亲也催华敏了："已经谈了一年多了，别耽误了。先把事情办了再说，老大不小了。"

古老师早就说等带华敏回家见了他的父母就把婚事定下来，可不是有这事，就是有那事，最后还是耽搁了。华敏想这次无论如何要老古表个态：什么时候结婚，定下日子来。不举行仪式先领个证也行，不然整天到他这里来，没有个名分算什么？

32

华新来找姐姐的时候，她正一个人在自己的屋里哭，老古和姐姐分手了。华新敲了敲姐姐的门，姐姐不开门，声音很大地喊着让他滚。华新预感到姐姐的事情肯定与自己有关，但自己做了什么对不起姐姐的事情吗？姐姐就是不开门，害得父亲、母亲和小姨都出来看他，好像在瞪着个怪物。华新冲出门去，他要找老古问个清楚。老古说："感情是个复杂的东西，时间长了就会发现很多地方不合拍，我们都冷静冷静吧！"华新回到宿舍抽了好几支烟竟然失眠了。他决定出去溜达一下。沿着城市的街道，一路走过去，竟然到了环城公园。华新就信步走了进去。在一个黑暗的角落，华新坐下来，仰望着满天的星星不说话，突然他听见有人提起自己。

"华新这孩子也算懂事，现在也大了，你就可以舒口气了。"

"只是苦了你了。当年如果不是因为我明知道姐姐有那个病还一定要你娶她，你也不会这么辛苦。我那时候也愚蠢，看姐姐年龄也大了，再不嫁就成老姑娘了，加上听乡村医生说她那种病嫁个人就会好，没想到害你背了个大包袱。"

"那时候的人都太单纯了，太善良了。你是为了你姐姐，而我只是为了找一个老婆。既然你当时不愿意，你家又执意要我娶你姐姐就娶了，可现在想想那都是我自己造成的。我明明喜欢的是你，结婚后也明明知道娶了这么个妻子没法幸福，可为了面子还是过下来了。这么多年了，我都不知道怎么熬的。其实你也不容易呀——你不要再怪自己了。这样也挺好的，毕竟老了我们还可以在一起。"

"对了，有件事情我一直没给你提，那天我对华新撒了谎，他想知道他的身世，他那么大了已经觉察到自己不是这个家亲生的。姐姐没有生过孩子也就没有母爱，孩子可能从小就看出来了。我没有对他说实话，你觉得我做的对吗？我是不是有时候太自私了？"

“怎么会呢？”

“我没告诉他你就是他的亲生父亲，只说他是我和苏中华的孩子，我是怕他知道真相以后看不起我。他这个年代的孩子不懂得我们那时候的爱情。”

华新能够想象这样的场面，一边是姐姐，另一边是爱人，为了自己的亲人，小姨牺牲了自己，而在临结婚的时候又要为自己心爱的人生一个他们自己的孩子。一段愚蠢而单纯的感情，一个延续了许多年的老套的故事，而这恰恰就发生在自己身上。他就是父亲和小姨的亲骨肉。

33

“你杀了我吧——”华新对明珠说，“我实在不值得你那样爱，我应该受到惩罚。”明珠浑身发抖，手里举着的鸡毛掸子无力地掉到了地上。良久，她对华新说：“你可以走了，到时候我通知你来办离婚手续吧。”

华新调去一家电视台工作，经常出差。他又成了单身。

“我会再有爱情吗？我会再爱上一个女人吗？我这这样的男人还有希望吗？”华新一遍一遍问自己。

更多的时候他闭门不出了，一整天在家靠在床上吸烟，烟雾弥漫缭绕，像一个仙境。

每到周末，孩子会跟着姑姑来看华新。他希望看看孩子，特别希望。他的眼中总会浮现儿子冲他跑来的情景，能够听见他很远就大喊"爸爸、爸爸"的声音，能听见他在耳边经常说的那句话："爸爸，你什么时候才回家呀？爸爸，你怎么一直那么忙呢？爸爸爸爸，妈妈一个人扛煤气罐呢！"

想到这里，华新的眼睛里已经满是泪花了。他猛地起身，呆呆地望着门口，然后又躺下。今天不是星期六，华敏不会带孩子来的。

午后的阳光从窗子里透进来。门前突然有了杂沓的脚步声，"爸爸——"这次是真的，儿子的声音。华新一骨碌爬起来冲向门口，门开了，是儿子，不远处是他的明珠。阳光在他们母子身上形成一片光晕，很是好看。

"姐姐要去西安工作了，我和孩子来叫你回家吃饭，你愿意吗？"明珠淡淡地说。

"我能给你们照张像吗？你和孩子真美。"

明珠笑了，像过去那样灿烂的笑容。整个午后的景色都好像在微笑，天空一下子那么高远。华新想：我一定要重新开始。他对准了镜头，轻轻地按下了快门。有时候那种刹那间的美丽需要长久长久的等待，那些刹那间的美丽需要刹那间的发现，然后留存。刹那就是刹那，永远却是永远。

黄大地的葫芦

1

很早就上床了，到了晚上两点才睡，其间一起做了瑜伽，一起看了场美剧，闲聊了一会儿互相道了晚安。这基本上成了这个年龄他们每天做的事情。

他没有睡，其实他今天精神很好，应该是失眠了。

他不是不想睡，是真的睡不着了。他想到女儿，17 岁的女儿个性很强，到了青春期基本上什么意见都自己拿，只要你和她讲道理，就会吵起来。

他有些担心女儿，这样下去该怎么办？他对自己的教育有点灰心丧气。

"你还没睡吗？"慧敏转过身来问他。

"你也没睡？"

"嗯，失眠了。"

"我好像也失眠了。"

"今天天太热了。"

"你们两个能不能不说话，多晚了，还不睡觉！"早早就休息的女儿突然从她的房间喊了一声。两人就都不吭声了。

"我挺为孩子担心的，她现在天不怕地不怕的，以后早晚会吃亏。"

"我也担心啊，我觉得我是个失败的母亲。"

"都不说了，孩子能听见，等她过了青春期就好了。"

"你说，你有多久没碰我了？"

"嗯，好久了。现在孩子在啊。"

"孩子不在的时候你也好久没碰我了。"

他心里突然有点内疚，转过身来抱了抱慧敏。

"咱们都老了。"

"嗯，我都讨厌自己了。胖了，丑了。"

"没事，自然规律啊。"

"可是，有的人 60 岁都显得很年轻，我还不到 50 岁呢！"

他叫黄大地，原来在一家保险公司工作，业绩一直很不错。过去，拉一个客户就高兴得跟过节一样，一定要带老婆出去吃一顿，庆贺一下。后来客户越来越多，收入很稳定，不知道怎么的，却一点激情都没有了。所以，他后来上了硕士又读完博士，去了一家高校任教。

他的妻子慧敏在一家晚报社做编辑，已经是有二十多年经验的老编辑了。但慧敏单位的效益越来越不好，新媒体的崛起让纸媒受到了很大的冲击，广告客户都跑了，也没有多少人去看报纸了，收入比过去少了一半，唯一不变的是值夜班。很久以来，慧敏每天晚上八点出门，到凌晨两点多才回来。刚结婚那几年，他们总是白天才能看到彼此。那时他和她谈过，这样会影响夫妻感情。她很理智地告诉他："现在创业期，两人要一条心，多赚钱好养孩子、买房子，到时也好接双方老人来住。"他觉得她比他理智。

有了女儿以后，为了不耽搁工作，他们把孩子丢给了父母。孩子一岁就送到了老家，每年过节时他们才回去看看，一直到孩子要上小学了才接回来。没有办法，如果带孩子，有一个人就得辞职。

"那时候咱们真苦啊，但都没有觉出苦来。你那时还安慰我，虽然生存让我们失去了激情，没有了爱情，但还有亲情。

"我挺感动的。"慧敏悄声在他耳边说，"你说你还会一直疼我吗？"

"会的，你问过很多回了。"

"我就是想知道嘛。"

"孩子在听呢，不要说了。"

他起身去了楼下的客厅，找出红酒，喝了大半杯。他站在窗台前看着外面，很黑很黑。

他想起了和慧敏谈恋爱的日子。那是他第一次一个人到这个城市来，没有亲戚朋友，头一个认识的就是慧敏。看完电影，他送她回家。坐公交车，专门坐在车的最后面，这样她和他就能拥抱在一起，一直坐到终点站。下了车，他送她到家，要穿过车站后的一个胡同，那胡同两边的小道上有十多棵梧桐树。每次快到慧敏家的时候，他都要拉着她到梧桐树下做最后分别的拥抱。

那时候感情真好啊。

20 年后的今天，慧敏还是和过去那样有浪漫的情调，只是老了点，胖了点，肚子微微隆起。而他因为经常锻炼，体形保持得比较好。但毕竟 20 年了，再好的爱情也只能是回忆了，现在真的只有亲情了。想到亲情，他心里一暖，客厅突然间也柔软起来。

2

平衡被打破是因为来自远方的亲人。这天一早，慧敏就告诉他，岳父母王常有和肖金花要来了。岳父母年龄都大了，已经快70 岁了，而且只有慧敏一个独生女，来投奔女儿理所当然。他们当年都是支边青年，在边疆生活了一辈子，现在也乐意回到内地来。尽管不是自己的故乡，但他们认为，女儿在哪里，哪里就是家。

本来黄大地是想在小区附近给两位老人家租一套房子的，觉得这样更方便一些，但慧敏不同意。父母是自己最亲的人，跟着自己住能有个照应，关键是，白花那么多钱租房子，不如给她办个美容卡，经常做个美容和瘦体啥的，何乐不为呢？

黄大地知道说不过老婆，就叹口气说先这么着吧，不行再说。两家人住一起确实是不方便。

一早去了机场，黄大地和慧敏在出口盯着每一个出机场的人，一拨一拨的人，就是没有等到王常有和肖金花。打电话关机了。慧敏的心马上提到了嗓子眼。她觉得心跳异常，有点不敢想，挽着黄大地的手有些发软。后来总算是打通了电话，原来老两口腿脚不利索落在了后面，又去了趟厕所，手机忘了开机。

"见到就好，见到就好，咱们回家吧。"黄大地忙接过两位老人手里的箱子，推着就往前走了。慧敏搂着母亲又挽着父亲，慢慢跟在后面。

黄大地说："我走得快，我先去开车，你们在出口路边等着。"说完很快就消失了。

"这孩子走路还是那么风风火火。"肖金花笑着对慧敏说。

王常有就嘿嘿笑。在他看来，女婿身体不错，事业也发展得不错，两人感情也挺好。从刚见面时慧敏紧紧挽着黄大地的胳膊就可以看出来，他们关系有多好。

房间都已经腾出来了。女儿小米粒已经住校，马上要高考，说考不上好大学"誓不为人"。女儿很有主见，学习很自觉，只是正在青春期。

三室两厅的房子，五口人足够了。房子之所以要腾一下，是因为腾出来的一间是黄大地的书房，房间朝阳，在慧敏的提议下，书房改为卧室，留给父母。书房挪到了客厅，客厅那么大，平时用的也不多，有点浪费。每个卧室都安装了电视，也好各自有私密空间。

头几天，黄大地有点手足无措，因为岳父母太客气了，晚上经常给他做夜宵，觉得女婿是高级知识分子，必须好好保养身体，身体是本钱，全家人都靠他呢！黄大地感觉受之有愧，自己有胳膊有腿的突然来了两个伺候自己的人，良心上首先觉得不对，那毕竟是自己的长辈，怎么好意思让他们照顾呢！他感觉自己是在剥削岳父母，传出去脸都没了。

他就给慧敏说了，让她劝劝她父母，别那么宠自己，不要把自己当外人，自然相处就好。慧敏说："你还真把自己当宝贝了，我父母是因为爱我才对你那么好，你还不自在了。"

以后，王常有和肖金花就对黄大地淡了很多，平时也很少说话，知道不能耽误和打搅了黄大地的工作。

黄大地在高校教大学语文，是很多高校都重视的通识课。高考结束后，文理一分科，基本上理工科的学生们就此告别了中国文学和文化课，很长一段时间老师们反映学生们的文章写得极为糟糕，所以，一些学校就开设了大学语文，巩固学生中国古典文学和文学史的知识，提升实用文章和各类文体的写作能力。黄大地受过学术训练，又有一定的创作功底，上课比较有趣，他的课很受学生欢迎。

王常有看到那些荣誉证书和奖杯，心里对这个女婿很是赞赏。慢慢地，王常有就不把自己当外人了。是啊，住在自己女儿家，养儿防老，不依靠女儿靠谁呢？而且从小养大，付出了多少啊！买这套房子的首付，当时还是他出的。这样一想，他心里踏实了。肖金花说："你就是瞎操心，死要面子。咱们住女儿家就和住自己家一样，她是我们的掌上明珠，独生女，我们不住这里住哪里？"

有时候王常有会冒一下心思，想在附近买一套房子老两口自己住，那样生活也方便。肖金花马上打消了他的念头："你以为咱们两个那点退休金能做什么？原来的那点积蓄能在这个大城市里买房子？你好好看看房价吧，别一拍脑门就做决定。咱们不是年轻人了，脸皮要厚点。"

3

一晃要到春节了。每到春节，黄大地雷打不动是一定要赶回去看自己老母亲的。父亲早在七年前的一场车祸里没了，留下老母亲在塔城生活，好在姐姐和弟弟都在塔城，住得离母亲不远，所以母亲一直不愿意过来跟他住。黄大地也明白母亲的心意，在塔城她有自己的房子，有自己的单位，退休了也有单位做保障。一旦离开，到外地投靠大儿子，加上大儿子不是商人没有外快，还在供房子的贷款，她去了会成为拖累。

所以，每到春节，无论如何黄大地都要回家，慧敏也从来不反对，这样的日子延续了好几年。可是，这年春节前，弟弟来电话了，说母亲生病住院了。一接到电话黄大地急得不行，当天就买机票飞了过去。母亲是急性胆囊炎需要手术，为了手术不出差错，黄大地托人找了好大夫，又托人住进了单人间的病房。老太太那天醒了，看着趴在床头的黄大地就呜呜直哭。母亲的哭有好几层意思：一是心疼儿子没休息好，陪护自己；二是天天盼的儿子回家了。黄大地和姐姐弟弟轮流来送饭，陪母亲聊天，一晃二十几天就过去了。

到了出院的时候，等把母亲接到了家，黄大地就和姐弟俩商量母亲以后的生活问题。"不能再让老人家一个人住了，一个人住不放心呢。"姐姐主张让母亲跟她一起住，弟弟不同意，"按照传统，有儿子不能住女儿家啊，否则别人咋想呢，会觉得儿子们不孝顺。"黄大地听了心里很不好受，姐姐弟弟很体谅他，根本没提他什么，但他不能就这样啊。他只好说每个月寄2000元钱生活费给母亲。"那不行，"弟弟说，"母亲有退休金，够花了，你只需要每年回来看看，其他的有我们呢。"姐姐也是一样的意思，"都是一家人，大地你就别客气了。"

黄大地觉得自己已经成外人了，母亲需要姐姐弟弟的照顾，而自己对母亲却无法尽孝。从新疆回来以后，他的性情大变。

慧敏发现，他很少和她交流了，也很少和岳父母说话。偶尔周末女儿从学校回来，他才露出笑脸，下厨房做点好吃的。

王常有和肖金花说："我就说吧，远香近臭，你不相信。你看才住了三年，他脸上就这样的表情了，以后还能指望他干啥呢？别指望靠他养老送终，咱们两口子还是早做打算吧。"

慧敏说："你们好好地住着吧，他就那样，这次他妈妈病得不轻，他那么远回去肯定觉得没有尽到责任，心里不好受，咱们就理解他吧。

"你们是我的父母，你们和我住，他的妈妈还在那边，他也想接他妈来住，可我们没这个条件啊。"

王常有就和肖金花说："以后的孩子都是独子咋办啊，双方都一个子女，四个老人咋办呢？好在他还有兄弟姊妹们，如果他是独子，我们是万万不能跟你来的。我们也是明事理的人，不能抢人家的儿子啊。"

听着房间里他们的一言一语，客厅里的黄大地更郁闷了，他甚至感到没办法在这个家里过了。晚上看着身边的慧敏，他感觉自从女儿考上大学出去上学后，她整个人无所事事，提不起精神，也就显出老态来。慧敏对他的关心也少了，更多的精力是在她父母身上。此刻，鼾声很大，她睡得很沉。

隔壁房岳父母的鼾声更大。他们是谁？如果不是和慧敏结婚，他们一辈子都不会认识，但现在两家成一家。自己的母亲没法管，还在遥远的塔城。他感到自己真的很不孝。

他想无论如何，得买一套新房子给母亲，到时接过来，他要和母亲住在一起，照顾她。

"我是长子，我得尽到义务，我不能让姐姐和弟弟再操心了。"他写了一封长信，希望姐姐和弟弟能理解他。首付款他能拿出来，他和慧敏两人的公积金够还贷款的。

那晚他对慧敏说了，说的时候很坚决。

慧敏说她很困，转过身睡去了。她不好参与什么，她知道家里再来一个老人会成什么样子。况且，自己婆婆跟着小儿子和女儿过得很好，黄大地这么做有点让人不明白。

不明白的事情就不问了。

4

王常有原来是一所中学的语文老师，也是响当当的高级教师。肖金花是水电局的会计，两人的生活本来挺好的，但女儿三番五次地要他们来天津生活，这让他们感到非常为难。新疆这边他们住的是单位的福利房，住了好多年，已经能够上市交易了，不过这套三室一厅的房顶多卖40万元，而这40万元在其他大城市根本买不到一套房子。所以他们犹豫。

大家都说快去啊，女儿在那里多好啊，天津守着北京呢，好好享福吧。

王常有就和老伴卖了新疆的房子来到了女儿这里。的确，外孙女很快上了大学，将近200平方米的房子四口人住起来很宽松。但是王常有觉得空间大不代表方便，毕竟是两家人。一个屋檐下面，个人的习惯还是改不了的。比如，他很快就发现，这个当大学老师的女婿，其实晚上熬夜不是都在写书、备课，很多时候他在摆弄一些葫芦。经常很晚了，女婿还在台灯下面，抱着个葫芦在描画，有时候还会用上烙铁。王常有发现这个问题是在黄大地从新疆探病回来不久。慧敏也感到奇怪，过去没见黄大地有这个业余爱好，最近怎么突然喜欢上葫芦了。客厅里摆了很多葫芦，一到晚上黄大地就开始捣鼓起来。

黄大地的葫芦有时候需要刻，有时需要打磨，烙铁发出的吱吱声在半夜听起来有点恐怖，好像山洞里打钻的声音，好像老鼠磨牙的声音。关键是，第二天早上客厅总被粉尘覆盖，好像刚刚来过一场沙漠的风。

慧敏想，得和黄大地好好谈谈了。

"大地，你究竟想怎样？看你从新疆回来脸色就不好，你好好说清楚，你不能让我父母整天心里发慌。你说清楚你的想法，咱们好好解决。"

黄大地就说了自己的想法。作为长子，他希望能接母亲来养老。

慧敏说："这不是挺好的想法吗？可是，咱们不早就商量过，你母亲和大姐二叔一起，那边比咱们的条件好很多。她如果来了，两家老人住一起，不是很别扭吗？

"好，退一步说，她老人家来了，咱们怎么安置比较好呢？"

黄大地说："我觉得很简单，再买一套房子。你照顾你爸妈，我照顾我母亲。你平时跟你父母住，我呢平时回我妈那边。"

"那咱们怎么办呢？咱们总要住一起吧。"

"那也好办。咱们都跟我妈那边住。这边你随时回来，你看呢？"

慧敏说："这事我得跟我爸妈商量下，老两口千里迢迢来投奔我，现在我要甩了他们，他们能承受得了吗？"

"你想太多了，哪里是甩啊，只是按照传统，我作为儿子应该为我母亲养老送终啊。你这边特殊，让他们住在咱们现在的房子里，你有空就去照顾他们，不是两全其美吗？"

慧敏说："让我冷静一下，我总觉得有什么不妥。咱们的负担一下子上来了。咱们每月得还两套房子的贷款啊。"

"首付我母亲说她可以掏。咱们只是还贷款。"

"那也很重啊，关键是咱们这第一套房子的贷款还没有还上呢。"

"咱们两口子的公积金足够还两套房子的贷款，我算过了，够的。"

"我想，我还是不反对你的好，免得以后你责备我。你想尽孝就做吧。"

5

第二天，黄大地下班回到家，发现客厅已经收拾得非常干净，自己这一个多月来做成的各种葫芦烙画作品被整整齐齐地摆在书架上，慧敏也早早下班回来了。这是什么日子呢？他想了想，没有想起来。

餐厅里已经摆上了一大桌的热菜。

"今天是咱们结婚25周年纪念日。你猜今天谁还会来？"慧敏兴奋地说。

黄大地猜不出来，也没有兴致猜。这样的游戏本来适合二人世界，可现在守着老人呢，他觉得再这样就造作了。

房间里却突然蹦出个人来，竟然是女儿小米粒。

原来她和妈妈早就策划了这个纪念日，今天特地请假从北京回来给父母庆贺。一旁的姥姥姥爷也都笑呵呵的。

家里有个孩子，立刻充满了欢乐的味道。黄大地突然觉得身上的负担都没有了，特别轻松。

这天黄大地多喝了好几杯，超量了，而且一直在给王常有敬酒，好像做了很愧对他的事情一样。王常有照单全收，说他们老年人可能会看不惯年轻人的习惯，也爱唠叨，请黄大地别往心里去。然后又说为了健康，劝他不要再熬夜，早睡早起身体好。不一会儿，黄大地觉得自己头晕目眩，舌头在打结，一个劲儿地点头称是，一个劲儿地要敬酒。耳边仿佛又听见王常有在说那个葫芦雕刻最好别搞了，又不需要拿出去卖钱，挺费工夫的，而且污染环境，对一家人的健康不好。他也点头答应了。

后来他基本上是被老婆和女儿架着挪到了床上。就那样他还喃喃地大喊："我没醉，我很幸福，我还能喝，我要把我老娘接过来。"

女儿小米粒已经懂事了，她走到客厅给父亲倒了一杯浓茶。

在客厅里，她盯着一排排已经雕刻完成的葫芦看，有风景的，新疆的胡杨林；有人物的，新疆的木卡姆表演场面；有肖像，一位慈祥的老人。小米粒走上前仔细看那个老人肖像，觉得很眼熟，发现旁边的题目是：母亲。小米粒差点没忍住眼泪。

她回去就小声给慧敏说："妈，就支持爸爸一下吧，别让他为难了，让他把奶奶接回来。"

慧敏说："我也没不支持他啊，就是觉得来了咱们的负担重了。现在我知道了，他是多么想你奶奶啊，我让他赶紧接来吧，否则你老爸真生了病，咱们的家就垮了。你也给我好好争气，找个女婿回来，以后我们还指望你呢。"

6

智能手机好像一夜间成了千家万户的必备工具。黄大地母亲说，她年轻时老在想，如果有一天，电影能在家里看就好了，就不用挤到电影院里去了，结果就有电视了。她还想，亲人们离得那么远，如果能和四川的兄弟姐妹通话时互相看着说就好了，就像面对面一样，结果没想到这辈子都实现了，能拿着手机和他们说话，还能互相看着，太好了。

黄大地母亲的奇思妙想都实现了。

这次黄大地春节回到老家，不用再视频聊天了。他告诉母亲，这次是想带她走，让她跟他去天津生活。母亲没有表现出黄大地希望看到的惊喜，她甚至有点惊慌："我……我的天，那这么一大摊子的家怎么办呢？这些家具，这些电器，这都是你爸爸在的时候我们请人做的。"

"都什么年代了，这些老古董早该扔了。到我那里，住新房子，我给你买新家具。"

"儿子，什么都要买新的，哪里来那么多钱？你的工作我知道，挣那点钱容易吗？你需要多积攒点，留着大事上花。"

"现在买房子接你来就是大事，我已经付了首付，房子已经装修了，晾了大半年了，你媳妇也同意，你孙女小米粒更是整天惦记着你啥时候回去呢。"

老太太考虑了好久，"那好，你和你大姐和二弟商量下，只要他们同意我去，我没有意见。"

黄大地看着这个家，其实很有感情。这个屋子还是当年的模样，房子是几年前他回来粉刷过的，电视和冰箱是他回来新换的，包括母亲手里的智能手机也是他去年买的，而且在回天津前教母亲学会了发微信、打视频电话。其他的家具还是小时候的样子，和弟弟睡的高低床，一家人吃饭的圆桌子，都掉了漆了。还有那四把木头椅子，原来有五把，他的那把他带到了天津，他觉得那是记忆。那时候家里只有父亲一个人拿工资，生活不富裕，家里所有的家具都是父亲从当地老乡手里买来木头自己做的。那时候父亲在黄大地心里就是万事通，没有不会做的。有一次学校里举行乒乓球比赛，黄大地就报名了，但比赛要求大家自己带拍子，他傻眼了，因为他打乒乓球一直用的是父亲用刀给他削出来的一个木头拍子。那个拍子虽然很像乒乓球拍，但正反面都是硬板，参赛是不行的。到了月底家里已经拿不出多余的钱给他买球拍了，他只好带着父亲做的拍子去了。当他拿出那只拍子时，在场的人轰的就笑了，幸亏班主任给了他一个拍子，但他已经乱了分寸，面红耳赤，好像做了天下最丢人的事情，稀里糊涂地就被打败了，连父亲做的木头拍子也忘记带走。

那时候，他多么羡慕那些有钱人家啊。

他恨恨地回到家，冲父亲吼，吼自己受到的屈辱，吼自己家穷。他的虚荣一定伤了父母的心。

那时父亲基本上一年只在春节时回家，他一直在戈壁深处的水文站上班，这样他可以把每月的野外补贴拿到手，等于又挣了一份工资。那时家里比上不足比下有余。母亲说："那时候你们至少每年都有新衣服穿，可以吃上鸡蛋和鱼肉。你爸把每月从河里钓的鱼都晒干，托人捎回家里，把在戈壁上养的鸡下的蛋一个不剩的都给你们带回来，补充营养。咱们穷，但从来没有让你们挨饿呢。"一晃眼，父亲也去世很多年了。

等黄大地和大姐、二弟商量后，他们两个觉得只要母亲同意，大哥又特别想带母亲走，他们愿意让母亲跟着去，毕竟天津各方面条件好，而且黄大地有时间可以带母亲多转一些景点，多看一下外面的世界。

大姐忽然想到一个问题："新疆这边的医保可能转不过去，以后有个病啊什么的就不方便了。"黄大地也考虑到这个问题，但他觉得亲人的团聚更重要。母亲这个年龄已经无法上商业保险了，只要平时注意，身体应该没问题。况且国家发展那么快，说不定以后全国联网，社保都可以通用了，看病就不发愁了。

7

母亲就要告别塔城了。她笑着说："来了大半辈子了，对这个地方有了感情，大儿子既然要我去享福，我也不好拒绝，两边都是儿女，哪边都一样。"大姐和二弟说："等玩够了就回来。"

在去机场的路上，黄大地说："你看，咱们原来住的地方多荒凉啊，到处都是戈壁滩。现在虽然比过去好多了，但还是挺荒凉的。"

母亲说："其实哪个地方黄土都埋人。过去我们从四川那么远来这里，自己都吓坏了，从来没想过会离开家里那么远，早知道是不会出来的。后来也习惯了。

"趁着我走得动，我也愿意跟你出来看看。我这辈子连北京都没去过，心不甘呢！想想，你姥姥那阵，我让你舅舅把你姥姥接到我这里住，就是为了给她尽孝，可刚到新疆的大河沿人就没了。我不想留下遗憾，我喜欢跟着你走，多看看。"

听母亲说这话时，黄大地把母亲的手紧紧地抓了抓，这是母亲的手，抓到手里踏实。

眼前是滚滚的黄尘，好像匆匆的过客，来不及回头，来不及再多想。盐碱地，西部特有的盐碱地依然和多年前一样。这块土地，曾经是黄大地父母这辈人打拼过的地方，他们在无法住人的地方，开辟出城市和绿地，而他们也让这块土地改造了自己的儿女，让儿女们有了勇敢的斗志，以及向往外面世界的信念。

上飞机前，女儿小米粒从学校打来了视频电话，她站在北京大学的校门前，大声地说："奶奶，您早点来，我在北京等着您呢！"

黄大地母亲在那一刻激动起来，她不住地挥动手臂，大声说："好啊，乖孩子，奶奶就要和你见面了。"

8

回家后，黄大地就和母亲住在新买的房子里。他给自己布置了一个独立的书房，书房足够大，所有的藏书基本上都有了固定的地方。慧敏从网上给他定制了一套古色古香的桌椅，为他安排了舒适的读书写作的环境。母亲自己一间屋子，临窗的地方摆着一个沙发，便于她看报。

母亲坐在沙发上说："这就像一个女王的宝座啊，这个床就是一个皇帝的床啊。"

母亲说："谢谢老天爷赐给我这个儿子，保佑他和他的家人们平安快乐。"

慧敏一周来新房里住三次，另几天留在老房子里陪自己的父母，好像一切都那么自然地解决了。原来办法总比困难多。

两家人周末要凑在一起吃饭。大家就说现在这样真幸福，两家的孩子都不牵肠挂肚了。两家人都曾在边疆奋斗过，酸甜苦辣的经历几乎一样，亲家们的感情无意间拉近了。只有一点让慧敏没有想到的是，在那段时间，迷上葫芦雕刻的黄大地对民间艺术开始痴迷。从葫芦开始，到木雕到面塑，到布老虎艺术，到木版年画，他都开始产生兴趣，家里的地下室摆满了他在外地田野调查时淘到的各种玩意儿。

黄大地说，他感觉民间的这些东西各个都有灵性，都是老百姓的智慧。他们用手里的技艺装饰自己的生活，美化自己的环境，改善自己的生计。"这些东西可以使用，可以卖钱，可以做礼物赠送，这多么重要啊！过去只在书本上研究民间，而民间其实就是我们的生活，人们需要这些，喜欢这些，制造这些，而这些要继续存在，就得让更多人理解并使用，这不就是目前非物质文化遗产保护的思路吗？

"民间艺术早就摆在那里把道理说明了，对吧？"

黄大地每每滔滔不绝地把这些讲给三个老人听的时候，慧敏就想笑。而三个老人好像很爱听，老让他介绍那些带回来的傩面、木雕，他们突然间成了学生。

有一天晚上，在深夜的灯光下，黄大地突然感觉，屋子里那一排排自己雕刻的葫芦都在开口笑，等他眨眨眼睛，那些葫芦又恢复到原来的样子。但只要无意间望过去，它们都在笑；那些从山西、陕西、山东、河南搜集来的布老虎也是，各个都在憨憨地笑。那善意的微笑让他也情不自禁地嘿嘿了两声。

他觉得生活没他想的那么难，过去曾经想象的那些扭曲的形象突然变得和眼前的这个葫芦上的胖和尚一样，能带来好运和吉祥。

这样一想，他就想好好睡一觉了。

他回到床上，慧敏还在沉沉睡着。"还是这个女人啊，她跟了你一辈子，苦日子已经和你一起过尽了，好日子刚刚开始呢！"他这么想着，就紧紧地贴着她，很快入睡了。

捏面人

1

他告别山东老家到南方的这座小山城已经有十年了。房子是租住的，两室一厅，是联排别墅中的一层，面朝大海，四季都能看到小区的花使劲地开。他喜欢上了这里，甚至有一点到了理想国的感觉。天天面对绿叶和鲜花，几乎没有寒冷，对他的身体有好处。他除了每半个月到医院里复诊，查血、查尿，然后就是取每两月调换的药方。他感觉自己老了好多，镜子里的脸色很焦黄，一看就是一个病人。体重变化最大，过去近200斤的大胖子，现在只有120斤了。所有见到他的人都说不可思议，他瘦得让人吃惊。

其实只有他知道这期间发生了什么。儿子已经上了大学，老婆跟了别人，房子也没有了，老父亲被他气死。这些都是十年间发生的事情。这些本来是那些无聊的作家们写进小说里的情节，在他身上全部发生了。

说白了，所有的事情都源于那个小说。

李虎望着窗外的大海，内心突然有种潮湿感，浑身发冷。

发表在刊物上的那篇中篇小说，讲述了一个浪漫的爱情故事。故事主要情节是一个农家女通过勤奋努力，逆袭成为时尚界的知名人士。小说中他有意加入了很多"爱情"。李虎觉得那是他的小说之所以能够出名的一个重要原因，必须写"爱情"，必须写初恋、热恋的故事，没有那些，小说很少有人读。有了爱情还不行，还必须设计一些浪漫或者惊险的情节。知名作家的小说里，爱情和谋杀总是纠结在一起的，两个偷情的人总会引起其他人的关注，然后出于嫉妒或者仇恨被杀掉。小说里的主人公一定是美丽和勇气并存的，所以她可以挥动刀子，毫不迟疑。李虎写的几个中篇小说基本上都涉及爱情和谋杀，赢得了很多读者的叫好。

那天下午，在北方的工作室里，他迎接了祝美美。他记得当时见到她的印象，在光线的笼罩下，她浑身发着光，好似熟透的苹果。他承认第一眼看到祝美美有些诧异，那么大的眼睛，那么美的曲线。他的眼睛没能从泛着光的曲线里拔出来。空气一下子就紧张了。

他甚至没有想到站起来，就那么愣在座椅里，深陷其中，眼睛迷失了方向。

还是祝美美先做了自我介绍。

"我是祝美美，您可以叫我美美，前几天给您发了邮件的，您约我来这里见您。"

李虎知道自己失态了。他想起来了，那天已经是深夜，他打开邮箱看到了祝美美的第一封信，她说看了他写的所有的小说，非常崇拜他，尤其是他最近写的《爱情泉城》让她顿时对他有无法自拔的崇拜。她觉得他们很久之前就认识了，他写的那个女主人公王芳就是她祝美美。所以，她觉得遇到知音了。

话题一开，李虎感到莫名的亲切。两人聊着小说艺术的问题，一下子就到了黄昏，天明显暗下来，好像由马路上走进影院的感觉。祝美美说还没有聊够，也没有走的意思。李虎担心怎么向老婆刘霞交待，到了下班点必须告诉她是回去吃还是不吃，不回去吃要说明原因。他加班和应酬是很自然的事情，所以多晚回家刘霞都没有意见，只是不能在外过夜。李虎觉得自己能成为一个小有名气的作家，也得益于刘霞的宽容。

所以，当他又一次瞄向手机的时候，祝美美就开口了："您给家里请个假可以吗？今天晚上我请您吃饭。"李虎当时手有点抖，"我为啥那么激动呢？不就是吃口饭吗，我咋变得这么没见过世面。"

祝美美说着已经走到门口了，长发甩动了一下，落日的余晖从窗户照进来把她的身形笼罩着，李虎又多看了几眼。他给刘霞发了一个短信：不回家吃饭了，有饭局。刘霞只回复了两个字：好的。

他们去了咖啡厅。李虎想：正大光明的，没什么好藏着掖着的。进去后，他们找了一个包间，房间有点小，顿时局促起来。祝美美显然是有备而来，她从身边取出了一个礼品盒，是送给李虎的礼物——一只小巧的传统面人。祝美美说："这个猪八戒是我最喜爱的作品。"李虎把猪八戒拿到眼前仔细看，非常形象的猪二哥背着他的钉耙，腾云驾雾，身子下面托举他的是一根竹签。这是典型的山东曹县一带的传统手艺，后来传到北方很多地方，天津的面塑也受过其影响。

那天晚上，他们喝了三瓶红酒。红酒后劲大，两人几乎是一口一杯，像是老朋友一样，喝得很急。祝美美说，她还未婚，尽管身边追求她的人不少，但作为一个已经 32 岁的老姑娘，她觉得到这个年龄，阅人无数，更不能凑合了。她目前也处着一个，是一家集团公司的老总，50 多岁了，丧偶，一直在追求她，她还没答应。

由于喝了点酒，李虎也敞开心扉了。他告诉她，老婆自从生了孩子以后，精力都放在孩子身上，天天带着上各种补习班，已经完全是另一个形象了。他们平时交流也很少，老婆几乎不怎么在意他的创作，更不要说成为知音了。他喝着突然有点伤感，和祝美美的杯子就碰到了一起，而且越碰越响，很容易碎的那种。不知道啥时候，两人已经泪流满面地靠在一起了。

"你说你小说里的女主角怎么那么像我，你和这样的女生爱过吗？"

"那都是小说创作，我想象的。"

"你想的可真美。你描写的她如此浪漫，和男主人公在小酒馆里缠绵，是不是就像现在我和你这样呢？你说你说，你这个浪漫的作家。"

李虎头嗡的一下。

他觉得自己就是小说里的那个人，他爱上了一个流浪的女歌手，和她成了世界上相依为命的人，好像一辈子就要在一起，一起渡过风雨。但他又深知不能这样。

他借口说要上厕所，离开了。

2

第二次见面是一周以后，李虎下班的时候，想起要回家给刘霞过生日，已经定好生日蛋糕了，一家人在等着他。没想到一开门，浑身酒气的祝美美就进来了。她进来往沙发上一坐，显然是不想走了。李虎就赶紧给家里打电话，说来了几个作家，远道来客，不好拒绝，不仅要陪他们去吃饭，还要晚点回去，回去一定赔罪，请刘霞原谅，请她给来庆祝生日的岳父母和大舅哥们解释一下。

那边很理解地挂了电话。

李虎把灯打开，发现刚才还醉酒的祝美美已经在拿着镜子补妆了。她上身穿着黑色的休闲装，下身是黑色的皮裙和丝袜，口红有点发紫。"说吧，有什么事呢，大美女。"

第二次见面两人似乎已经熟悉了。

祝美美对这样的称呼似乎很满意，带点醉意又有点娇羞地说："那天你真不够绅士，竟然先跑了，我气了一个星期，最后想大人不计小人过，我权且饶了你这一回。说说吧，怎么补偿我？"

李虎这次在灯光下看到的美美又不一样了。皮肤白皙透亮，身体饱满，整个人非常干练。

李虎想，其实她很美，是我理想中的人，但理想中的美女太多了，不能见一个爱一个啊，就当个朋友欣赏吧。他不停地给自己暗示。

办公室里只能喝茶。祝美美说:"这就很好,以简单的方式讨论文学,讨论未来的发展。"李虎掏出烟来点上,点上才发觉有点失礼,但祝美美没等他说,就抽出一支自己点上。整个房间立刻云雾缭绕起来。祝美美一眼就看到了自己先前送李虎的面人,那只猪八戒,摆在李虎的桌子上,在烟雾中腾云驾雾,栩栩如生。

就是那次,谈到了改编电视剧的事情。祝美美说,她和很多影视公司有长期业务往来,可以推荐他的小说改编成剧本赚钱。他心动了一下。是的,他早就想过写剧本致富,曾经写过几个,但因为没有门路都被拒绝了。祝美美的建议挑动了他的心思。他觉得这是一条可行的道路。

3

祝美美建议李虎把小说改编成剧本,然后她去找资金拍摄。祝美美说,资金没问题,她可以帮助李虎找到投资商,但她要扮演女主角王芳,而且她可以找到当红的男演员张千秋来参演,票房收入预期达到 10 个亿。

李虎本来觉得自己这一生只能写小说玩玩,没想到经祝美美这影视圈的未来"大咖"一鼓吹,顿时觉得剧本能卖几百万,能实现脱贫致富,心弦被打动了。

剧本很快就写好了，祝美美说下面的事由她来办。

借着要深入讨论和联系投资方的理由，李虎很多天不回家了，还要出差到外地去。刘霞也表示理解，只是担心他的身体吃不消。

刘霞的话是："咱们也不是追求奢华生活的人，目前这样就很好，已经比上不足比下有余了，不要给自己增加额外的压力。写小说不能升官发财，但你既然喜欢而且也能带来一定的经济收益，就可以了，不用太苦了自己。"

刘霞又说："千万不要做自己能力不及的行当，不要做股票，不要搞投资，咱们不是那块料。"电话里刘霞一直在叨叨，李虎有点不耐烦。结婚以来，刘霞这种宽容的态度让李虎内心既感激又有些埋怨。如果刘霞对自己有更高一点的要求，可能他早就开始发财致富了。按祝美美的话说，他的潜力还没有得到挖掘，他是一块无价的宝玉，可惜被家庭的温柔乡耽误了，没有发挥应有的光芒。

现在祝美美就是识玉人，就是"宝玉"的发现者，她要让他成名成家。"如果我让你成名了，你可得记住我的好，你可是我的人。"祝美美那天暧昧的话让李虎感觉如沐春风，到了四十岁突然又遇到了红颜知己，有种从澡堂按摩回来的松快感，多了更强的欲望。

这欲望让他和祝美美开始了如胶似漆的幽会，一次又一次。

4

摄制组很快组建。有了制片人，有了编剧，有了导演，仗着祝美美在圈子里的人缘，还来了几个知名的男女演员助阵。据说张千秋档期太满抽不出空，他推荐了自己的女弟子蓝雪来演女二号。投资商是一个地产商人。现在能够接影视剧拍摄的也只能找地产商了。按祝美美的话说，那些老板都是日进斗金，拿出一个亿就像去菜市场买菜那么容易。

李虎感觉有了祝美美的帮助，自己作为一个书呆子有了出人头地的日子，他从心里感觉祝美美是自己的福星。两人经常出双入对，让外人以为是两口子。在剧组一起吃饭时，两人的打情骂俏让小姑娘们都羡慕，"你瞧人家两口子，年龄那么大了还那么恩爱。"

拍摄的过程一直很顺利，外景地除了泉城里的几个重要的景点和小区外，还需要拍摄一些乡村生活。于是剧组在完成城市生活的拍摄素材后，准备转战到胶东半岛的黄岛去拍渔村，让浓郁的海岛生活填充到故事中来。那个地方是男女主人公海誓山盟的地方，因为靠近蓬莱，大家都说拍完以后可以集体到蓬莱阁度假。

李虎觉得这主意不错，就问祝美美："这几十号人的吃喝拉撒都要靠你照应，那些钱够吗？不会出问题吧。"因为他脑袋里几乎不过数，也不知道需要投入多少，大家花销计划是什么。他认为他只是一个编剧，大家现在投钱帮助他实现梦想已经很不容易了。他甚至没问过，他应该得到多少稿费和报酬。

事情就出在去黄岛的路上。剧组的司机头一天打麻将了，没休息好，长途要走5小时，他竟然在一个拐弯处打了盹，这是谁也没有料想到的。车快到青岛的时候，大家都在睡梦中，祝美美几乎已经钻到了李虎的怀里，结果出事了。汽车冲向了右边的护栏，直接冲断护栏掉了下去，下面是一片麦田地，好在不是很高，但司机和车里的女演员蓝雪出了问题，送到医院就没了呼吸。

一帮人手忙脚乱地打各种电话。李虎有点发呆，他还没弄清啥事情就已经和大轿车栽下去了。身边的祝美美也被甩到了车的最后面，晕过去了，好在只是轻微的脑震荡。接下来就是处理两个死者的后事，最关键的是，当时没有给司机和女演员买意外险，家属要求高额的赔偿，需要剧组负责。李虎只好要求祝美美赶紧掏钱，有多少先给赔付。

那天晚上正和儿子在家吃饭的刘霞看到了新闻，看到了那一幕惨剧，看到了被担架抬上救护车的丈夫，她立马打电话过去，得知李虎安然无恙，医院检查后没大碍就可以出院。但剧组出了人命，刘霞想这可是大事，怎么处理呢？李虎说没关系，让她不要操心，他会处理好的。蓝雪家里就一个女儿，突然就没了，无法接受，开出了天价赔偿金，祝美美突然就消失了。李虎给祝美美打了几十通电话都无法接通，他只好作罢，他感觉自己和祝美美的合作好像一场梦。

合作者找不到了，接下来的投资更没有着落，电视剧肯定是拍不下去了，剧组的人来要工钱，要补偿，李虎一下子就蔫了。按照当时剧组和演员签的协议，以及拍摄单位的协议，他是要给他们支付报酬的，但关键是祝美美不见了，神秘消失，向平时和她玩的很好的朋友打听，都说不知道她去了哪里。

合计了一下，李虎要拿出 560 万赔偿款。李虎真的傻了。

李虎几乎找了所有认识的人，借了一圈，凑了不到 20 万。他想到了房子。他和刘霞结婚后买了两套房子，现在这两套房子都卖了能凑 500 多万。但卖了房子，他们一家人就没地方住了，意味着得重新创业。他没有办法，已经一贫如洗，先解决手头的问题要紧。

他把这个想法告诉刘霞，她表现得非常冷静，"既然摊上了，那就只有卖房了，咱们不能被别人戳脊梁骨。我总不能见死不救吧。"李虎的脸发烧，感觉平生头一回不敢看刘霞的眼睛，但他越这样刘霞表现得越体贴。

李虎说："我这辈子最对不起的人就是你们娘儿俩了，没有让你们过上好日子。这刚好点，就被拉回解放前了。"

刘霞倒是想得开，"只要人还在，一切都有希望。没有房子，租房子一样过日子。外国人不都是一辈子靠租房子吗？咱们的观念应该变变了。"

李虎知道刘霞是在宽慰自己。

一切似乎都按照李虎的计划执行了。

李虎带着全家人租了一套靠近工作室的单元房。他想，要好好地从头开始，在哪里跌倒就在哪里爬起来。他需要更加勤奋努力，为这个家着想，不能再有任何非分之想了。过去的一些事情，尤其和祝美美的荒唐事基本上就是个插曲。

但插曲有时候可以翻篇，有时候不能。

一天夜里，李虎正窝在有点陈旧的沙发里看《新闻联播》，手机来电显示"美美"的电话就响了。李虎有点吃惊，脸色都变了。他故意看了看，迟疑了一下，没接。刘霞在旁边择着韭菜，准备晚上包点饺子，看李虎不接电话就问了一句："你咋不接电话呢？"李虎就故意很烦地说："又是一个讨债的，不想接了。"

等刘霞调好了馅，开始包饺子的时候，李虎走到阳台把电话打了过去。电话那头还是那么娇滴滴的声音，一下子就把李虎带到了那个午后头一次见到祝美美的时候。他浑身一下子热起来。

但他得问清楚，出了事以后，她为什么要跑，她过去说的都是真的还是假的。肚子里一万个为什么都准备好了，但李虎却只能说："你还好吗？"

那边似乎早就知道他会这样，一肚子委屈地说当时她吓坏了，没碰到这样的阵势，老板们听说出事了也不给后续经费了，前期给剧组已经垫了不少钱，她也没法补救了。她觉得她对不起他，觉得应该向他道歉，但她心里还是忘不了他的好。

李虎感觉突然又被人从深渊里拽了上来，所有从前的好都同时涌上来，就差点说啥时候见见，并准备约地点和时间了。这时客厅那边刘霞在喊："帮忙包饺子。"李虎就匆匆挂了电话。刚坐到老婆身边，撸起袖子准备包的时候，短信来了。李虎没点开看，他包饺子很在行，而且包出来的饺子刘霞一直夸好看，像一个个金元宝。刘霞好像从来没嫌弃过他，老夸他的家务做得好。

比如拖地，刚结婚时就夸他拖地拖得认真、干净，结果这个活儿就成他的专利了。他洗碗也干净，刘霞就说："咱们多般配啊，我喜欢做饭你喜欢洗碗，咱们是互补。"

李虎想起祝美美也这么夸过他，不过是夸他有激情，有力量。李虎每每听到这样的夸奖就有些得意。

李虎想着，包饺子就慢了很多，而且在封口的时候，由于用劲太大，把饺子里的馅儿都挤出来了。

刘霞说她母亲明天要来家里，给他们带了好多小吃，母亲年龄大了，可能会唠叨，让李虎不要太在意。刘霞还说起儿子高三了，开始有女同学追了，看到好几次儿子半夜还在被窝里和女同学聊天，她谈了几次心都不起作用，儿子发誓没有谈恋爱，只是同学之间纯洁的友谊。刘霞担心儿子的成绩会下滑，不知道该怎么办。

刘霞说完就看李虎，她知道李虎根本没听，就打了一下他正在包饺子的手。

饺子馅儿一下子飞进出来，溅了两人一身。李虎被这一激，顿时大吼一声："你疯了吗？真是疯婆子！"

刘霞愣住了，她不知道自己刚才怎么会那么用力，怎么会那么冲动，怎么会惹得一向好脾气的老公冲自己发那么大火。

李虎发出那声吼叫后就后悔了。他觉得过了，不就是被老婆碰了一下吗？至于吗？他站起身来拿着包好的饺子去厨房了。

站在厨房里，他把饺子一个个地放进冰箱的冷冻箱里，寻思着怎么去哄老婆。他知道这时候哄哄老婆，她的气很快就会烟消云散，否则一隔夜就会有更大的麻烦。他有时候也很生气，凭什么不能是老婆先道歉呢？凭什么每次不是自己的错也需要先道歉呢？但一般情况下最终都是以自己的道歉而结束风波，他也就认了。女人需要哄，需要男人先道歉，这几乎是每个家庭的共识。

他深深吸口气，准备好了道歉的态度。

5

祝美美没想到自己会那么失败。尽管她没有念完初中，但她凭借着自己的聪明伶俐从小山村里走出来，打拼到现在成为一个城市人不容易。她对自己的评价是，有几分姿色，有天赋，加上后天的努力成就了她今天的成绩。祝美美有一个文化公司，她之所以觉得看到李虎的文章就好像找到了知音，是因为她也是靠自己的努力一步步打拼到现在的位置，所以对李虎她更多的是一种"相见恨晚"。祝美美有过几段不愉快的恋爱经历，大多数和自己无关，和很多言情小说描写的一样，她碰到的尽是一些靠吃女人软饭的男人。祝美美13岁时从鲁西南的村子跑到城里来找父亲，父亲在城市里住了十多年，每年春节才回趟家，常年做面人，在大城市里有了一定影响。

他父亲本来是在文化街的一个摊点上做面人，后来当地搞非物质文化遗产保护，于是文化局专门给了他一个门头房，头五年免费使用，让他开门授徒，传播面人技艺，而且每招一个徒弟，政府每月补助3000元钱。他这辈子没想到走街串巷的玩意儿有一天还能进大雅之堂，成了城里人喜欢的东西。由于在文化街有固定的铺面，文化局的领导隔三岔五就带着中外的贵宾来参观。宾客们只要一见了他手下琳琅满目的各种人物造型就拔不动腿了，总要买几个带走。渐渐地，祝美美的父亲站稳了脚跟，过上了城市人的生活，每天朝九晚五地上下班，凭手艺吃饭，每年到春节时回趟老家，给老婆孩子捎钱回去。

祝美美那时候在乡村念初中，家乡实在太落后了，她看电视上年轻人的穿戴和生活方式就很羡慕，总是很虚荣地说："俺爹在城里上班呢，俺以后要到那里上学去。"一天，祝美美被村里的几个年轻小子戏弄了，他们说："你不是能耐吗？咋不见你爹来接你？你爹恐怕是城里娶了媳妇了，不要你们了。"说者无意，听者有心。祝美美那时候也是有很多心思的大姑娘了，眼见着考高中没有希望，自己也知道不是学习的料，干脆一不做二不休，给母亲一说厉害关系，要去城里看着父亲。她妈拿出500元钱，多的也拿不出了，就把女儿祝美美送出了门，让她找爹去。

祝美美16岁了，该去闯闯了。她坐了十几个小时的火车到了城里，找到父亲工作的文化大街，一问面塑祝融，都说："哦，那个捏猴子的，就在那边。"等进入商铺的大门，低头捏面人的祝融斜着眼瞄了一眼进门的脚，没在意，以为有顾客来了，再抬眼看是女儿祝美美，满脸的尘土，心里一惊，大骂一句："家里出了啥事了，你跑来干吗？"

"我就是来投奔你的，我不走了。"

"你娘知道？"

"知道，她让我守着你。"

"你来了能给我干啥，不是添乱吗？你好好读书是正事，以后正正经经找一个工作，不能学我。我这叫江湖艺人，没地位。"

"我知道，这叫'非遗'了，'非遗'国家可重视了。你不是已经是传人了吗？我跟你学手艺不中？"

"别咧咧了，你既然来了，就在这里住几天，玩玩，玩好了就回家。"

祝融带着美美进了里屋，让她洗洗脸，接着要带她到旁边的油泼面馆吃面。祝美美不乐意，她就是要留下来，祝融不答应她就不吃。

祝融知道这女子有心眼，就说："先吃饭，我答应你，但有一个前提，你必须今天做一个面人，明天如果有人买了，我就收你做徒弟，你就留下；如果没人买，你就没有天赋，不是干这个的料，你什么话别说，走人，可好？"

祝美美一口答应，洗好脸就跟着祝融吃饭了。

祝美美打小看父亲做面人，私下里也做过，对面人一点不陌生，但正儿八经地做一件作品来卖，这还是头一回，所以她吃了饭就到了工作间里开始操作起来。父亲根本不看，自己在客厅的躺椅上睡着了。等睡了一觉，灯还亮着，老头自己进卧室睡觉去了，连招呼也没给女儿打一个。

祝美美在灯下硬是做了揉，揉了再做，终于感觉做出的孙悟空和父亲做的有那么一点相似了。天也亮了。

父亲起床头一件事，不是问她睡没睡，而是过来看了一眼她做好的猴子，笑着说："没想到，还有那么点意思，不过手艺还差着一大截呢。今天混在我的东西里卖卖，看有人要不？"

祝美美那时是真的困了，就在躺椅上躺下去，耳边响亮的市井的嘈杂声突然都没有了，安静极了。她感觉自己被一滩水草缠绕着，卷进了池塘的中心，挣扎着，怎么都无法上岸，叫着叫着竟然睡了过去。

祝美美醒的时候，已经到了中午，有一群日本客人进了祝融的店里。客人里有老人有孩子，导游例行介绍着民俗文化和面塑艺术，并把他们带到了面塑摊子前。祝美美马上醒了过来，她侧身混到人群里，有点紧张。

一个留着白胡子的老人，很有兴致地在《红楼梦》《西游记》《水浒传》人物的群像前走来走去，突然他伸手拿出了那只猴子，祝美美做的那只猴子。

他拿到眼前仔细端详着，然后连连说："好，好。"

祝美美彻底醒了。

祝美美安全地留在了城里，和父亲一起做面塑，而且越做越好。祝美美伶牙俐齿，加上用功，她的手艺提升得很快。她脑子也灵，看到市场上来买面塑的大多是外国友人，他们对中国的这些传统手艺特别好奇和喜爱，就觉得文化大街是很重要的窗口，不能丢，但还应该主动出击，把作品送到需要的顾客那里去，去找有效顾客，才能获得更好的效益。于是她带着自己和父亲的作品拜访了市内的各大宾馆，认为既然外国人喜欢，那么到外国人最集中的宾馆去卖自己的作品不是更便捷吗？

这个点子果然获得了意想不到的效果。他们在一家宾馆大堂的一角设立了一个专柜，祝美美每天去那里上班制作，来来往往的老外就蹭过来看，然后购买。平时市面上卖 10 元的面塑，在宾馆可以卖到 30~50 元不等。后来水涨船高，一个精美的面塑人物，小的可以卖到 500 元，中等大小的 1000 元左右，大的能卖 5000~10000 元。说起祝美美的发家史，几天也说不完。祝美美用面塑作品打造了自己的品牌，创造了财富奇迹。她用十年壮大了自己的公司，成了一家上市民营企业的董事长兼总经理，父亲则做产品总监。

徒弟多了，分店也开了，每年都在向各大市场进军，祝美美基本上就放下了手艺，开始专心职业经理人的进修和学习，结交了一批高级白领同学，完成了逆袭。一切都很顺利，她也有了闲心看过去不曾看过的奢侈品：小说。这样就看到了李虎的《爱情泉城》。

一场一场的恋爱，一次次和李虎的约会，以及最终决定帮李虎把作品拍成电视剧，她是真心的，但哪里想到会出人命牵扯到官司。她先想到的是赶紧退出来，因为她知道一贫如洗是怎么回事。但她并没有忘记李虎，等她知道李虎砸锅卖铁地补上了赔偿款，她又有点内疚。她想她和李虎不是逢场作戏，李虎可能对自己是真心的，但她更怕当她这个"负心"的女人打过电话去，李虎那边会咆哮起来。事实上李虎没有，听声音，他没有责备自己的意思。

所以，在胡思乱想中，她把一个短信发了出去：我很想你，我想抱抱你。——爱你的美美！

6

从厨房出来，已经在脑子里演习了几遍道歉词的李虎看到了一幅画面：刘霞手里拿着自己的手机，正在阅读什么，脸色苍白而凝重，整个身体在哆嗦。李虎倒吸了一口冷气，知道他这次是完蛋了。

刘霞抬眼看着李虎的时候，眼睛里已经满是泪水了。她觉得眼前的这个男人那么陌生，好像从来没有见过，好像自己这一辈子都是糊里糊涂地过来，自己的热情和爱都用错了地方。现在自己在哪里？这是什么地方？眼前的景物都在晃动，甚至眼前这个人也是模糊的。这是哪里？你是谁？

"李虎，你这个衣冠禽兽，你是个骗子！"

这是刘霞发出的一声咆哮，刺耳，干脆，和碎玻璃划破肌肤一样。

"她只是个捏面人的，我们怎么可能？"

刘霞根本就不听他的，好像看到他就会污染了自己的眼。

她转身进了卧室，随手把门锁紧。

她没忘记带上李虎的手机。她打着哆嗦，继续看着每一条短信，看他们的电话来往记录。他们早就过上了夫妻般的生活，而自己却一直蒙在鼓里。

她使劲地掐自己的大腿，掐到自己都麻木了，然后一头栽到被子里。

7

李虎病了，病的不轻。慢性病需要长期休养。他从北方到了南方，想找一个地方一个人生活，从此没有人知晓自己，从此远离江湖，安静地过完下辈子。刘霞和他离婚好几年了。祝美美终究还是沉浸在她设计的情节里，李虎没有再联系她。在他心里，当年刘霞伤心的那一声吼已经让他后悔不迭了。他万念俱灰，恨不能有个地洞永远钻进去出不来。而现在的这个临海小城正适合自己。

椰子树高耸如云，那些天南海北来此游玩的人们充满了对这个世界的热爱，他们每天都变着法子寻开心，让热带的风光更有魅力了。在《爱情泉城》里，男女主人公挣了一大笔钱去了夏威夷度假，他们是为了理想共同创业、共同享受的情人，他们正在筹划一场婚礼，打算买一幢临海的别墅。而现在的场景仿佛和小说的场景相似，区别是他在临海窗户边往外眺望，却从来不出门。大海像和他隔着无数鸿沟，他只是远远地观望，若有所思的样子。

儿子已经上了大学，在一所音乐学院学了美声。儿子的声音不知道是遗传了谁，发给李虎的音乐链接里，高亢的声音温暖、嘹亮，同时带着丝绸般细微的毛糙感。儿子以后一定会拥有浪漫的爱情，有一个真正爱他的女人。

他现在每周都会给儿子去电话，儿子也会给他打电话。

在离婚的四五年里，儿子从来没给他打过任何电话，甚至不叫爸爸了。每年给儿子发微信红包，儿子只是点接收，从来没有一声"谢谢"，甚至连回复都没有。他在这件事上耿耿于怀。

但终究他是欠儿子的。

他也欠着刘霞，很多。她是他的老婆，多好的一个人啊！

想到这儿，李虎就低下头去，想找房间的一角，沉沉睡去，永远不再醒来，就像一只面人一样，多好。

布老虎

1

北方的天空，到了深冬，常常会瓦蓝瓦蓝的，十分难得，在城市里很难见到这样的景象了。同样，传统的东西在城市里也不多见了，也没有多少讲究了。所以，我们需要到乡村里去调研。有一些古老的传统，我们已经不知道了，需要找回来。

我忘记告诉大家了，我过去一直在一所名校读书，读了很多年。后来在一家报社工作，收入挺高的，但因为梦想成为作家，我就发誓考回高校里去，那里有足够的时间做自己喜欢的事情。我和很多报考研究生的人一样有很长的奋斗史。

大家说我的头发很年轻时就掉了，那和考研一定有关系。因为工作后考研和上学时考研的心态是不一样的。工作后考研如果想要成功，就必须有足够的时间复习，所以首先得考虑是辞职复习还是边工作边复习。工作后考研的人，常常已经到了谈婚论嫁的地步，家里整天在催婚，有的已经结婚了，就和我一样，我得考虑如果考不上研究生工作再没有了怎么办？但即使考上了，我没有工资，又如何帮助家里人渡过难关？这一想就无形中形成泰山般的压力，加上背英语单词，背专业课，头发一把一把地掉在地上，掉在稿子上，掉在书里……

渐渐地我就露出了宽阔的额头。

那时我特别羡慕本科毕业时就立下志向考研的大学生。他们不用考虑家庭，不用考虑工作，考上就是胜利。

有了经历，考上研究生后，我就比别人格外珍惜这来之不易的成果，这是真的。大家一度说我是读书狂人，甚至有室友说按照我现在的刻苦程度，别人读一个博士，我可以读三个。

我幻想留高校，成为一名光荣的人民教师，在大把空余的时间里继续我的作家梦。但这似乎成了很奢侈的事情。有些路是必须自己去蹚的，别人告诉你的都是假象。

大学是什么地方，大学是出大学者的地方，是出大师的地方，他们是教导学生做人、做学问的。一年一年，因为你的职业如此，你的责任就是如此。

所以，我进入高校教书以后，很快发现我奢望成为专业作家的梦想几乎不可能了。我当时感觉命运真是好玩。

不能改变，那就顺应它，一顺应，我就丢掉了小说创作，扎根到学术研究中去了。

我没想到学术研究的头一项就是民间的"布老虎"。这个研究使我如同一猛子扎进水里的游泳者，我竟然开始了长长的跋涉，好像没有到岸的时候。

你别以为布老虎是很简单的玩具，是民间老妈妈们手里的针线活儿。没那么简单。我之前带着几个年轻同事开始项目研究时，最初只是想把项目完成、结项，作为一个成果，但后来就喜欢上了。我感觉这是我从整天蒙在书房到走向外界的开始。我接触到的是土地，是土地上普通的人家。

我们是在12月的一天出发的，城市的天空飘着鹅毛大雪，雪一停，空气特别清新，天完全是蓝色的，那是我喜欢的颜色，我想乡村里这样的天空应该更常见。那里没有污染，没有工业化的侵占，乡村应该是我们诗意的去所。

记得读过梭罗的《瓦尔登湖》，里面的作家为了乡村的梦想到森林边缘去居住，体验或者说是在实验远离城市的生活。书里讲的是作家好像坐在一个葫芦里顺着青山绿水往前漂流。我当时很惊讶，他靠大自然怎么生活？

他好像最后也放弃了。

我们第一站是山西。很简单，山西的布老虎做得漂亮。多年以后，我手里拿着山西各地的布老虎和山东各地的布老虎，甚至和陕西、河北、甘肃的布老虎进行对比时发现，山西布老虎最突出的特征是做得特别精致，功夫用得仔细，也结实。过去，我认为山西人手巧罢了，后来在山东临沂一带发现一个老太太做得布老虎也是精致得不得了，和山东其他地方布老虎的粗线条不一样，有很精致的山西布老虎的特征。再后来，我发现了一个道理，经济基础决定了产品品质和特征。山西历代出商人，晋商成为一个地方的符号。在山西调研时，乡村虽然有些破败，但再破败的乡村里总有一些高门大户的人家，证明过去这一带商家的富庶。他们基本上都有一个传统，赚钱后衣锦还乡，回馈乡里。因此，在这些人家里的大家闺秀们也就能买得起用各种金色线做原料的布老虎。所以，你在一些布老虎艺术家那里看到的金灿灿的布老虎，是用十几根金丝线和名贵的药材做的填充物，你就应该想到这些被称为村中"巧巧"的出身了。

因此，我在对各地巧娘们做访谈时会有意问一个问题：你们家里以前怎么样？后来都基本证实了，年龄大的巧娘们，家境一般是相当殷实的。即使听起来很苦命的几个，仔细听听，那在家里也是相当受宠，家里人把她当成宝贝。

所以，我有时候在想，在中国的乡村，总能找到心灵手巧的妇女，这不是一个偶然。这就像在偏远的乡村，总能找到一个乡村知识分子，他熟悉乡村历史文化，懂得天文地理。中国的家庭，尤其在乡村，富裕一点的，闺女是要养的。她们在闺房里让自己的手巧起来，不至于为生计发愁，不用和男人一样到土地里刨吃食，但前提是家境殷实，不需要她出门干体力活儿。所以，巧娘并非很多。

这给我们的调查带来了很大麻烦。

2

刘琴琴是我在山西晋东南碰到的巧娘。那年她48岁，守寡很多年了，孩子们还在上学。刘琴琴在县城里租了一个二层小楼，是临街的房子。楼上是卧室和布老虎制作间，楼下就是柜台，四壁都是各种各样的布艺作品，有肚兜，有虎头帽、虎头鞋，有各种各样大大小小的布老虎。我们到县城里本来是要拜访当地文化局的，让他们给介绍当地的布老虎能人，但车经过街道时，我们远远看到了她家门口摆着的两个大布老虎。我们就停了下来。

那天刘琴琴本来是要到市场上进货的，因为做布老虎的黄布和白布都快用完了，还要买一些丝线来。她刚要出门就让我们碰上了。

刘琴琴穿着普通的红色的真皮大衣，头发刚刚烫过，显得像一个城里人。她后来说她没文化，住在村里，房子是不久前租的，我有些吃惊。她穿着黑色的套裙，半高跟的皮鞋，挎着要出门的红色的真皮女包。

坐下来看她的布老虎时，我发现她的布老虎和我们在资料上看到的晋北晋中的布老虎不一样。她的布老虎鼻子就像一个坚挺的立体的粽子，眼睛很亮，用了金色的亮片，眼角往上翘，边沿用金色丝线绣了一圈，显得眼睛更大；眉毛呈长阔的粽叶形状，舌头吐出来，两边的獠牙一上一下，既有威风感，又带着几分憨厚。

我问："大姐，你的布老虎是哪里学的？"

"跟着我妈学的。小时候就喜欢，小学上了三天就没上了，就在家待着，跟我妈学手艺。"

"你这个布老虎和过去的比，有哪些变化呢？"

"没有什么变化，都是按照老样子做的，但是布料和填充的东西都换了。过去里面是稻糠和刨花，现在生活条件好了，里面放的都是很好的丝绵，很干净。这样可以出口，原来的就不能。"

"干这个挣钱吗？每年能挣多少？

"还凑合吧，勉强能维持一家人生活。"

"那有多少？能说吗？"

刘琴琴就有点勉为其难地说："布老虎一年能卖个两万元，还有其他的刺绣能卖点。"

当时刘琴琴的三个孩子都在上学。两个上高中，一个上初中。

刘琴琴说："我就用这些布老虎挣的钱供孩子们上学呢。等他们上了大学，我就不干了。"

我没看到刘琴琴的丈夫，就问了一下，发现她的眼角突然红了，手抓紧了一个布老虎，脸偏到一边，用手在擦眼睛。

刘琴琴说她 32 岁时丈夫就去世了。丈夫是一家镇中学的语文老师，对她很好，知道她身体不好，就让她什么都不用做。可刘琴琴是闲不住的，她就在家做布老虎，然后拿到集市上去卖。因为手艺好，来家里订做的人特别多。

刘琴琴说："有时候生意好的时候，需要加班加点，因为需要布老虎的地方太多了。过去在家跟着奶奶做的时候，不好意思问人家要钱。人家要就给做，都是做了以后，人家带过来一大堆点心水果什么的。在自然灾害的时候，家家都吃不饱肚子，但因为我和奶奶一起做布老虎，家里人就没有饿过肚子，一间屋子里都是我俩挣来的点心和吃的东西。后来到了'文革'时候，破四旧了，不能做了，咋办？乡下人都需要布老虎，就悄悄来我家求我做，我就偷偷做，'文革'时候我们家的一个屋子里也都是各种点心和糖果。家里人没有小瞧我的，都夸我心灵手巧，和别人做的不一样，做得更好看一些。

"我这个人命不好，自小就生了一种怪病，腿上长了一个怪疮，一直治都治不好，最后连下地走路都成问题，就没上成学，只好盘在炕上跟奶奶学布老虎了。这都是命。我没想到这辈子靠布老虎能结婚、养家糊口。

"我丈夫长得好，自小我们在一个村子里，两家关系好。他们知道我手巧，也知道我小时候得过的病，就带我到北京去看病，结果就看好了，然后我们就结婚了，生了三个孩子，大家都羡慕我们。他有工资，我又手巧，家里过得还不错。结果突然他就查出癌症了，很快就瘦成一包骨头了，当年就没了。

"我就想，我不能改嫁，我要把我们的孩子好好培养，得对得起他。"

刘琴琴说的时候，手下的活儿一直没有停。

一个小型布老虎差不多在两个小时里就缝制好了。

她站起身招呼徒弟小满和改月让她们去填充一下。

刘琴琴很有想法。

她之所以把自己的小工作间从村里搬到县城里来，是因为越来越多附近和外地的订户经常找不到她住的村庄——那里交通不太方便。

于是她就搬到县城里，一方面便于买卖，另一方面也能照顾几个上学的孩子。

外地有很多地方慕名来找她订货了。一家南方的公司一次就订了40万个小布老虎。刘琴琴说，那是要给员工发的新年礼物。刘琴琴说："我当时差点没敢签约，后来咬牙签下了。没有过不去的，我不想错过这个机会。我回了趟娘家。我娘家是一个巧巧村，村里出的巧手可不少，我就请她们帮忙。大家一听有钱赚，反正闲着也是闲着，就都帮我。我把材料买好交给她们，她们根据我的样子再做出来。大家有的做眼睛，有的做鼻子，回来我和几十个徒弟一起装。"

那天，刘琴琴在我们离开她家时问了一句："如果我和别人一样进几台机器是不是好点？这样订单就不会太赶了，我还能接更多订单。"

我赶紧说："大姐你先不要上机器，布老虎关键是手工，没了你的手艺在里面，这个东西就没有多少价值了。"

其实我也很矛盾。布老虎是民间美术类的非物质文化遗产，既然有市场，艺人们根据市场需要改变操作模式，引进大型机器生产好像没什么不对，有了生产能力，她才能按期完成合同，否则纯粹靠手工制作哪里能完成那么大的订单啊！

但转念一想，刘琴琴不是采取了公司和农户相结合的方法吗？把任务分解到村里，发动集体的力量，既传承了手艺，又解决了村中妇女的劳作问题。

但机械化是迟早的事情。"非遗"机械化生产该不该呢？

3

和山东的姜大姐是在她家里见面的。村里人刚开始把我们当成记者了，摆好了让我们拍照的架势，后来听说是来听他们讲故事，一下子就轻松了，边拉家常边给我们削苹果。一听我们主要是想了解布老虎，更来了精神，姜大姐头一个进里屋拿出她的工具和针线，当即就比划起来。

姜大姐做一只布老虎一般需要 15 天。她的布老虎特点鲜明，需要十多种金丝线，身上也是用丝线绣制的各种吉祥图案，布老虎的眼睛过去是用纽扣做，后来用布做成南瓜一样的眼珠子，显得特有精神；老虎的鼻子也是一个立体的粽子，上面绣着喜鹊、登梅或蝴蝶等吉祥图案；耳朵用丝绒线装饰，嘴巴大大的，胡须很密集，这个胡须的造型别的地方的布老虎还未有过。从远处看，她的布老虎金碧辉煌，像一个穿着戏服的王爷。姜大姐的布老虎尾巴上翘，每做完一个，她都在老虎尾巴里放一颗朱砂，在她看来布老虎最后不点朱砂就没有辟邪的功能。

此外，她的布老虎还有一个特点就是布老虎的屁股眼里缝了一块铜钱，姜大姐说那代表"拉金拉银"。

姜大姐是天生的"罗锅"，三十岁才找了一个男人嫁了。男人是开车的，没有多少文化，但对人厚道，对姜大姐也好。姜大姐也自豪，自小干不了苦力活儿，就待在家里跟奶奶和母亲学做针线活，做布老虎，做的时间久了，做出来的比奶奶和母亲的都好。远近的村民谁家里生孩子、过满月都要她做一个布老虎，或者缝一双老虎鞋、老虎帽，大家都说她手巧，来家里找她就给她一包点心，或者红糖。"你知道吧，兄弟，全国人民饿肚子的那年，我们家都没饿着，我的小屋子堆满了大大小小的点心，都是我缝布老虎挣的。"

在姜大姐家住了五天，我们做了所有布老虎制作流程的记录，还去她出生的村庄看了看。村里人看到有车来了，都说姜大姐又要上电视了。

他们管我们叫记者。我原来是做过记者，但不做记者很多年了。后来从事科研工作不管到哪个村庄去调查，村民见了都说记者来了。

姜大姐说："村里人上电视都新鲜。他们都尊敬记者。"

姜大姐告诉我们，布老虎手艺是近几年她才捡起来的。前几年她一直从事小本买卖，在集市里卖一些鞋垫子和袜子，挣点小钱。后来听说养狐狸挣钱，大家生活好了都想穿狐皮大衣，所以趁着自己身体还可以，她一咬牙承包了一个狐狸养殖场。

"我把家里的那点存款全用上了，养了一百来只狐狸。那年养狐狸的特别多，市场价格一下子降下来了，全赔了。可能也是生气的缘故，年底我就生了场大病。

"我一个本家姐姐来看我，她懂风水。说这全都是养狐狸养的病，必须杀杀才行。我一想，我不是会做布老虎吗？老虎不是辟邪的吗？我就又做起来了。

"人啊，一辈子有没有财都是有数的，我再不想发大财了，安心过日子，带好孙子就不错。"

离开姜大姐家好几天了，有一天晚上，我正在书房里夜读，接到了姜大姐的电话："兄弟啊，有一点我没说实话。我说我家穷，身体不好，一直到30岁才嫁人。其实我家里是地主，条件好，家里也养得起我，所以我打小没受多少罪。我怕我出身不好，说出去会有影响，怕了。我们都是经过事的人，你多担待啊。"

4

S 省的民间艺术家方大强把两个和他一样大小的布老虎运到单位，摆在了大厅里，一边一个，像过去衙门口的狮子一样威风。这个民间艺术家的工厂我去过，当时在这位民间艺术家的工厂调查时，我看到两台德国的机器正在运转，批量生产着布老虎，每个布老虎都很精致，一模一样。方大强宣称他家生产的布老虎是他经过各地调查后自己设计的。

方大强上过美术院校，经过自己的观察和搜集、整理，设计出现在这个大老虎样子。他准备找专家论证，参评省级"非遗"。

我在他的厂子里调研时说："方师傅，你做的不是非遗。"

他很吃惊带着气问我："啊，我的不是非遗？"

我说："非遗是百年以上历史，三代以上传承，是世代传承的传统的带有地方特色的有历史文化价值的传统文化。你的布老虎是集中了全国各地的布老虎特点、根据你的理解重新设计的，已经不能代表当地特色了，只能是文化创意产品，或者现代工艺品。"

方大强说："好吧。工艺品就工艺品吧，我的东西能卖钱就可以。"

那天也很巧，来了一个电话，一阵哈哈之后，方大强自豪地告诉我："你看吧，一个订单 80 万，马来西亚的订单，要求做布老虎。

"你说,马来西亚的订单,你能拒绝吗?不能对吧,所以,我必须用机器才行,价格不高,成本降低,速度快。否则我三个月怎么给他们交货?"

在方大强的厂房里还有一个博物架,上面摆放的都是他从全国各地搜集来的布老虎。他说:"我现在先挣钱,等有机会了就做一个真正的布老虎博物馆。

"我必须先挣钱,养活我这些工人们,我这个布老虎取名叫'福虎',意思就是吉祥如意。你说我这个不是非遗,我们当地还都认为是非遗呢。有了非遗的牌子,我的东西能卖得更好。

"等我建好了布老虎博物馆,我就请您来参加剪彩活动。没有钱,一切都白搭啊。"

我觉得方大强无意中提供了一个非遗保护的模式,那就是从传统非遗中获得创意元素,生产创意产品,批量化生产,生产市场需要的产品,有了钱反哺非遗,让民间高手们能够安心地进行手工劳作,生产真正的非物质文化遗产,这也是传承的一条路径,可以解决传承人自我造血不足的问题。

我不能对他说什么。他并不是有意要破坏非遗,但他的做法实际上是对真正的非遗的伤害。"为什么呢?"同行的娜娜问我。

"你想吧。姜大姐、刘琴琴她们15天才能完成一个手工的布老虎,小的一天也不过能缝五六个。而方大强这里,机器一天能生产几千个,价格又便宜。老百姓买布老虎的时候,只看是不是便宜,不会看是不是纯手工的。这样姜大姐她们的布老虎市场就会受影响,因为没有人会去买价格比较高的纯手工布老虎。"

我想起那年冬天在姜大姐家看她做布老虎,真的很辛苦,最后要往老虎身子里面塞各种有安神镇静作用的中草药。为了省钱，都是老两口上山上采来晾干后作为原料使用的。当时，我发现姜大姐的大拇指都是裂开的，长期做这个，手指已经严重变形了。刘琴琴大姐当时的大拇指怎样，我没留意，估计也好不到哪里去。纯手工的东西会不会最后都消失呢？

5

从姜大姐和刘琴琴大姐那里回来后，我发了好几篇论文。在一些国内外的大小报告里，她们两个是我常常提及的案例。一个山东，一个山西，这些巧娘的手艺正是在国家的不断重视下一代代往下传承。逢年过节，我会和她们联系一下，问一问手艺的情况。

姜大姐说，她还能做几年，不过眼神不好了，做得也不多。剩了几个自己留着，不能送了，别人来了怕都拿不出东西了。

"你回来吧，我给你个大布老虎，我做好了，一直留着。

"你知道吧，我一直心里不好受，你那么好，我还卖给你两个布老虎，我问你要的价格太高了，怪不好意思的。

"你如果今年不来，我就去看看你。上次在你的帮助下我评上省级传承人了，我就用了你在报纸上和杂志上的文章，很管事。

"我寻思着还要报，报国家级传承人，你说可行不？你说行，我就有信心。我想去找你，把布老虎带给你。"

再说刘琴琴大姐，她给我带来一个好消息。她成立了一个布艺研究所，建立了一个文化有限公司，有一个200多人的厂房，专门做布老虎和布艺作品。她说进了一些缝纫机，主要是加快最后布老虎缝边的速度。其他都保持着纯手工的刺绣。因为接了好几个大的订单，她的厂子能够有五六年不愁吃穿了。

我就问是啥大订单。

"我参加了南方的一个大的产品交易会，带了布老虎和几个自己做的枕头。枕头是绣花的那种带18个孔的折叠枕头，是我奶奶当年教给我的。前几天我开班收徒弟，收了不少，我的手艺差不多都教给她们了，但教会了她们也给我带来了负担，我家里的布老虎卖不动了，因为满大街都是我的那种布老虎。多了就不值钱了。咋办？我就做改良枕头，这枕头可以让耳朵靠着孔里，翻身时不挤着耳朵，这手艺学生们学了很久没几个掌握的，我也担心都学了去我的东西又卖不动了。

"我的枕头被南方老板看上了，一下子订了400万的订单，都是往国外销。我可乐了，没想到做了一辈子布老虎，最后靠这个枕头养布老虎了。

"我就想啊，有了这个钱大家都有吃喝了，才能安安心心把布老虎做好，那是我们的非物质文化，也是牌子，等虎年到了，一下子都卖掉，或者找个展会都卖了。"

刘琴琴大姐说这话时，眼睛都放着光。她和我说那话的时候已经68岁了。

6

再见刘琴琴大姐的时候是在她的公司里。一个金碧辉煌的布老虎展厅已经建成。那天好像是个好日子，来了好多人，包括当地的书记。刘大姐陪着书记参观她的扶贫车间，那里有她长期招聘的十多个农村妇女，她们跟着她做产品的一些重要部件的绣制，还有二百多人分散到家里，平时把活分到各自家里去。

那位书记听着刘大姐的汇报，频频点头。

书记走到展厅的一个枕头前停下步来，盯着枕头看了好半天。

"这个是你这里原创的吗？"

"是啊，书记，这是我跟奶奶学的，丢了好多年了。前几年觉得光做布老虎不行，还要发展其他产品，我就又试着做了几个，结果让杭州老板看上了，订了好多。"

"你敢肯定这东西是你做的？我家里有一个，不是在你这里买的，是从德国买回来的，我如果把枕头拿过来，你怎么证明就是你这里做的？"

"书记啊，你把枕头拿过来，如果是我的，我就能证明。"

那天，在轻描淡写的谈话里，我看着书记轻声问，刘琴琴如流水地作答，没有丝毫的胆怯，像极了一位面对记者的新闻发言人。

那天省市记者来了一大群。不久大姐来电话告诉我："省里领导点名了，说我的东西做得好，一定要争取评上国家级传承人。

"兄弟你说，我能评上国家级吗？我们这里做布老虎的人很多。我评上了，别人评不上咋办？文化局也说了，布老虎只能评一个传承人，我前面已经有一个了，我这个不能再评了，你说我还能评上吗？"

刘琴琴的工厂五年前选在了进县城的大路口，有 15 亩地。在儿女的帮助下她盖了三大间厂房，三年前又盖了布老虎展厅，又盖了仓库。书记来看她是因为有房地产开发商看中了她这块地，强行要求她拆迁，给的补偿款很低。她怕搬到别的地方，就盖不起新的厂房了。

那天市委书记来了，我们也来了。"整个天都好看了，我觉得我的布老虎在门口都活了，我觉得有希望了。"

刘琴琴说："市委书记第二天又来了，带着一个一模一样的枕头，难怪不相信是我的呢。我看那枕头的确和我的绣花造型都一样，我就想只有两种可能，一种是模仿我的，一种就是那本来就是我的产品。我沿着枕头最右侧的那个孔摸了一下，用针线挑开一个口，手一摸，摸出一个白布条。我就有数。

"当年杭州的老板订货要求我不能打我的商标，他们买了我的东西有自己的包装设计，具体出口到哪个国家也不会告诉我。我当时留了心眼，这毕竟是俺家的产品，我就在每一个枕头最右边孔的里侧缝了一个布条，不知道的人一定看不到，手伸进去才能摸出来。我在上面绣上了：琴琴布艺，中国。"

马知遥其人

　　他的真名叫马知遥，他是在我最孤独的时候出现的，那时候我还在上大学，那时候他刚从南方漂泊回来。有一次他到我们男生宿舍来打听有没有学生社团，他说他是记者，想做一下采访。他采访的第一个人就是我，你说我们有没有缘吧，反正我有些吃惊，居然有记者深入高校采访。于是我就邀请他到我们宿舍，他就来了，然后问我们是不是文学爱好者。

　　多年以来，我和朋友大毛、海波等谈起马知遥时就想起他当时问的这句话："你是文学爱好者吗？"

　　他进来后，我说："你等一等我给你叫人去。"我就叫来了大毛和海波。我们明显对记者同志存着戒心，心想记者问什么就学着电视上的镜头答什么。他问："你们现在学校里讲座多不多？你们班里有社团吗？"我们回答："不多，班里没有什么社团，但系里有社团。"他有些失望，开始谈他们当年学校的社团："我们当时班里成立了'振翼'文学社，刚开始就几个人，后来发展到三十多人，后来发表的文章校报还转载，有的同学还在全国的一些刊物上发表东西，文学社的影响就越造越大……"他突然停住，"你们三个都搞文学吗？说实在话，我今天来这里不是搞什么采访，我只是想来认识几个朋友而已。说起来挺可笑！偌大个报社竟然没有人谈文学，你们说可笑不可笑？"马知遥当时是这么说的，当时他的表情里带着与革命同志久别重逢的喜悦。我们从他的脸上看到了信任，话也就多了。我们觉得马知遥是个孤独、需要交文学朋友的大孩子，这拉近了我们之间的距离。

那天我们谈了很多，不知不觉就到了吃饭的时候。我们几个很爱喝酒，交朋友的原则就是有福同享，有难同当。因为我们是穷学生，我们自然让马知遥请客。本来我这个提议只是开玩笑顺嘴一说，没想到马知遥马上说："对，我请你们吃饭。"大毛当时瞪了我一眼，我明白他的意思。马知遥是大报的记者，是我们的老师，我们不应该让他请客，但我就是这个性格。"怎么样？马老师是个实在人吧。"我有些得意。

我们就跟马知遥到馆子吃饭，进了一家川菜馆。一人点一个菜，上了十个菜。因为我们出门时又碰上了几个同学，就一路拉了他们来。那晚我们频频举杯，喝得头晕目眩，我们互相说着各自的身世，讲各自苦大仇深的童年，马知遥也讲了他流浪四方的遭遇。我们几个一边醉眼朦胧地听，一边频频叫酒。我特意留心了一下马知遥的表情，他明显地失望了，以至于后来我们的碰杯只是在我们几个同学之间进行，他成了旁观者。他一定是想借着吃饭深入地谈一些他关心的问题，而我们只关心饱餐了一顿，喝得尽兴。

大家说的越多，酒就下得越快，马知遥的脸就黑得越厉害。最后我只好很识趣地建议："大家先打住，今天是马老师请客，能不能先让马老师出个节目？"当时的马知遥肯定正在想：我怎么和这么一帮人在一起？纯粹是来骗吃骗喝呀！所以，当听到我的话时，他显出吃惊的样子。他推了推眼镜，透过镜片他说话了，声音有些低沉："今天是个不该亵渎的日子，因为大家都是文学的朋友。我的确想和大家说些什么，但现在不想说了，人就是这个样子，刚刚还很想说话的。"马知遥自言自语，同时用手挠挠头。他说完了，就恢复到瞌睡的状态，酒也不喝，等着散席。这哪能行？他马知遥以为我们是什么？是为了一顿饭陪他来要的吗？

大毛大声地向服务员要酒，丝毫不改他的风格，我们就是这个风格，既然要交朋友，那就大方些，别虚伪。"喝……喝……"他大声吆喝。我们响应着。我想这次可得罪了马知遥了。那晚我们喝了差不多30瓶啤酒，大家都过量了，到最后都忘了是谁做的东，都东倒西歪的。扶着走出去的时候，我还大咧咧地说："走好啊——明天再来。"海波不能喝酒，比较清醒，就问我："马老师呢？"我四处望了望，顿时惊出一身冷汗——"天爷，今天是他请客，请客的人不付钱就走了——我的那个娘亲，这是我生平头一回碰到的缺德事呀！"

我就冲已经走远的伙计们喊起来——那声音绝对让人觉得是谁无意间丢了钱包——那是绝望，也有些无奈。同时，我似乎还带着点兴灾乐祸——谁叫你们喝得晕头胀脑的，活该！

大家停步，先是不敢相信，后来就开始掏兜凑钱。我说："今天咱们可倒霉了，自做自受，还想坑别人一把呢。想着怎么和老板娘交涉，怎么抵押手表吧。"

我走近柜台。

服务员显得很诡异，随即就笑了："你们刚才的那位朋友已経结了账，他说有事先走了。"

我们觉得马知遥够哥们，就和他来往起来。我问马知遥："那天你请我们吃饭，我们的表现是不是太过分了？"他很惊讶："怎么了？没有呀，我觉得年轻人就该直率一些，如果太圆滑、太世故反而不是好事。"

我们越发感到马知遥的可敬之处——谦虚宽容。我对大毛说："我们真该对马老师尊敬些，他把咱们的一些不恭全看作优点了，他这个人太好了，他还说以后遇到什么困难可以去找他。"大毛接话说："什么是善？这就是善。不论别人对还是错，在他的面前都是优美的，这是到一定境界的人才能具有的呀。"

为了对马知遥的善进行考验，我们做了一个计划。

在五月的一个晴天我给马知遥打了一个电话。我刚叫了一声"马老师"他就接过话说："以后称呼我马哥就行，千万别叫马老师。"我就改口叫他"马大哥"。我说："我这个月的生活费全买书了，你看能不能借我 200 块钱？"电话那边的他犹豫了一下随即就说："你来拿吧。"我当真就去拿了。拿了 200 块钱我们几个到那天的川菜馆撮了一顿。撮完了，我们都感到一种由内到外的满足。大毛说："铁头，是你去借的，你以后得还。"我说："当然了，不过那恐怕要到明年毕业分配工作后了。"

在长达一年的时间里，老马的确没问我要过这钱。

我们觉得这样的朋友确实可交。有一段时间我们三个几乎每天轮番和他通电话——和他讲自己最隐秘的事，生怕自己的一时疏忽会削弱和他的交情，三个人真有点争风吃醋的味道。"我们

230

既然已经把你当朋友了，你就该表示表示。"我们这样对老马说。老马说："好吧，你们到我家里来玩吧。"这是我们考验老马的第二步。

我们到了老马家。他还没结婚，谈了好几个女朋友都吹了。他说："大家不必客气，随便坐。"我们是客气的人吗？老马问我们是喝咖啡还是茶，我们都说喝咖啡。大毛直接坐到电脑前熟练地打开了机器，埋头玩起游戏来，把我们晾一边了。大毛玩着玩着就大声叫："太棒了，老马，我们以后就经常来你这里玩游戏算了。你这些游戏都很好，不玩太可惜了。"

老马好像没听见，他忙忙碌碌地下了厨房。我们在他家又撮了一顿。这次老马和颜悦色地说："大家少喝点酒，你们这个年龄正是长身体的时候，别喝伤了身体。另外，我今晚还要写作，大家也忙……"大家明白是下逐客令了。吃完了，我们几个都感到意犹未尽。大毛说："我们在你这里过夜好吗？因为喝多了，现在回学校会受处罚的。"大家挤挤眼，都明白大毛又有新花招。老马面露难色。大毛接着说："我们特想玩一下你的电脑，你就成全我们吧。"

老马就走出去，没说同意，也没说不同意。

那夜，大毛在电脑前坐了一夜，他的手不停，嘴也没停。他在玩游戏的极度幸福中抽了三包烟，那肯定是老马平时准备着待客的，让大毛一晚上就抽完了，那可真是让平日里抽惯了劣质烟的大毛过了一次嘴瘾。我和海波则在老马的长沙发上睡了。整个夜里我们能看见书房的灯光，大毛沉迷于游戏，而在大床上，老马一声一声在梦里叹气。

过了几天，我对老马说："你那天一定生气了。"老马说："哪里话？我凭什么生气？只是那天灵感偏偏来了，我准备写作的。"

接着有很长一段时间老马都在出差。我们突然觉得他家竟那么让我们留恋。好不容易盼着他回来了，我们兴奋起来。我们后来一合计，决定和老马住在一起，一起分担一部分房租。结果一说，老马脸上露出了难色。我们立刻保证一定不会打搅他老人家的创作，会很规律地生活的。"真的吗？"马知遥问，脸上满是不相信的神情，但后来还是答应了我们。我们几个住外间，他和电脑住里间。我们不必交房租。我们自此有了天堂一样的地方，终于有机会可以脱离校园，接触一种新奇的生活了。

我们经常买些熟食，自己搞个小聚会，或者在老马不在的时候听音乐，来个通宵舞会什么的。有几次我们邀请了十多个朋友，喝多了，大家都不想回学校，就东倒西歪地在老马的床上和我们的床上睡了。老马半夜出差回来，大家很尴尬。老马说："不要紧，你们睡吧，我另找地方。"后来我们才知道他半夜在街上溜达被巡警抓住盘问，因为出来时身份证和工作证没带，他只好在派出所待了一宿。

老马说："你们和我交往千万不要产生压力，我和你们一样是很需要朋友的，你们都很有才，你们一定会比我强的。

"你们千万别对我说感谢，一说就远了。只要你们喜爱文学，我就会全力以赴帮你们。"

我们约朋友来老马房间聚会的次数越来越多。在我们谈话的时候，他会在不知不觉躲进屋进行他的创作。我们常常玩得兴起，嗓门一个比一个大，他好像雷打不动，只听见他敲击键盘的声音。

一年很快就过去了，我和大毛、海波在这一年都分别找到了女朋友，但我们三个还是形影不离。老马的地方几乎成了我们的根据地，我们每每送走了各自的女友就回来交流恋爱经验，这时我们会想起隔壁的老马还没女朋友呢。"给他介绍一个吧，好赖人家是大记者呢。""现在女孩子很势利，老马他怎么想呢？我怎么觉得他不大近女色呢？""是啊，都三十了怎么还不找？"

老马很快就消失在我们的生活中了，这是我们不可预料的。那一天房东问我们以后要单独租房子吗？他说老马已经到南方去了。我们这才意识到已经很长时间没有见到老马了——他自己的那间屋紧锁着，好像是永远。

大家很痛心，真的。老马老说他早晚会离开这个城市，我们没想到会那么快。老马说他想成为一个四海为家的行吟诗人，看来真的是说到做到了——怎么说呢？他东奔西走的没多大意义，既成不了大名，也没有什么轰动效应，我不知他想干什么。

后来听说他去了南方某个企业报，再后来去了一家编辑部，后来刊物不赚钱停刊了，他的音信就断了。可恶的是他竟然对我们造谣，说在无文城（我们生活的城市）曾结交了一帮大学生，一帮所谓的文学爱好者。他说，他原想在和我们的交往中找到自己大学时代的影子，留住激情，但他很失望。他还说了一些不好听的话。我能想象他描述那些事时的神情。人怎么能那样？我们可是把他当朋友看的——不然我们会和他一起住吗？他不是口口声声说喜欢我们吗？

最后，我们一致认定马知遥这个人实在太阴险。他是个恶人——太可恶了。什么是恶，我们的定义有了：就是表面上冠冕堂皇，实际很虚伪，很做作，当面不说背后乱说人的那种人，而且是极愚蠢的人。我们发誓，如果他回来决不再理他。

（原文以《马知遥是个小人》为篇名刊载于《山东文学》1999年第7期，本文有删节）

最好的时候（代后记）

2002 年，我还在山东大学读博士，那时碰到一个很好的机会，就把自己发表的小说出了一本集子，定名为《爸爸的黄羊》。2003 年毕业，我到高校任职，我的小说梦似乎突然离得远了。也是在 2002 年的时候，我对中外小说理论、小说家的作品了然于心，并自我感觉小说创作进入了爆发期，对小说创作有了很多心得，命运却戛然让我转向了民俗学和非物质文化遗产研究，由此我开始了漫长的学术跋涉。这一开始就是 20 年。

20 年来，我似乎没有时间和精力关注当代小说，那些曾经写小说的朋友们，有一些已经成名成家，有些销声匿迹，这是文学发展的常态。总有一些人在长途奔跑中最后成为仅有的几个成功者。大多数泯然众人矣。

这 20 年我专心学术研究，但和文学圈仍然藕断丝连。其中的一个链条就是诗歌。我总认为，诗歌终归有一天会带我重回小说的现场。因为保持很好诗意的人，他的语言不会丢失，小说就不会丢失。2020 年我已年近五十，我发现最好的时候到了。专业学术方向已经确立，学术方法和理论素养已经形成，事业和家庭比较稳定，经历了人生最多彩的时光，是时候写小说了。而这一年以疫情开始，大多数时间我在家里给学生们上网课，和同事们在网上开视频会议，空闲下来就开始构思小说。

重归的过程是痛苦的。近20年不接触小说，拿起笔来的感觉是生涩的，过去积累下来的写小说的感觉有点陌生了。我在近3个月里，写了十几篇中短篇小说，权当是用来恢复笔力，感觉自己和真正的好小说的距离越来越近。

在写作中我也开始整理曾经发表过的近三十多篇小说作品，经过和编辑的几番探讨，选出了本书中收录的作品。这些作品风格各异，题材比较宽泛，基本上是1998年以来我创作的小说作品的汇集，代表了我早期小说创作的追求和水平。《布老虎》是我在今年写的第一篇小说，也是我民俗小说系列的第一篇，收录在本书具有象征意义。《小兔蓝波的故事》是我研究民俗学时一个小练笔，也是我比较满意的第一个童话故事。写童话能让人变得纯洁，尤其是写这个小说时首先想到的是送给我的孩子。而时光过得真快，孩子要高考了，我也奔50岁了。

我想今后要抓住更多的时光，把中断的小说梦想拾起来。但一切随缘，毕竟我们生活在这个世界上，有时候还不能只干自己喜欢的事，更多的时候，我们需要为其他人操心，那也是责任。

而所有的生活都在为我们的小说制造各种创作的可能。因为小说就是对可能世界的描述。我始终坚信这一点。

马知遥

2020 年 7 月 9 日于天津津南听雨斋